乔万民　吴永喆　选注

苏洵

唐宋八大家

天津出版传媒集团

天津古籍出版社

图书在版编目（CIP）数据

苏洵 / 乔万民，吴永喆选注. -- 天津 : 天津古籍出版社，2006.12（2016年12月重印）
（唐宋八大家）
ISBN 978-7-80696-365-4

Ⅰ. ①苏… Ⅱ. ①乔… ②吴… Ⅲ. ①古典散文－作品集－中国－北宋 Ⅳ. ①I264.41

中国版本图书馆CIP数据核字(2006)第117528号

唐宋八大家·苏洵

乔万民，吴永喆/选注

出版人/张玮

天津古籍出版社出版
（天津市西康路35号　邮编300051）
http://www.tjabc.net

河北鹏润印刷有限公司

全国新华书店发行

开本 880×1230 毫米 1/32　印张 6　字数 173 千字

2010 年 9 月 第 1 版　2016 年 12 月第 4 次印刷

ISBN 978-7-80696-365-4　　定价：12.00元

目　　录

苏洵生平及创作简介……………………………………………………（1）
上皇帝书……………………………………………………………………（1）
议修礼书状 ………………………………………………………………（10）
上韩枢密书 ………………………………………………………………（12）
上富丞相书 ………………………………………………………………（15）
上文丞相书 ………………………………………………………………（18）
上田枢密书 ………………………………………………………………（20）
上余青州书 ………………………………………………………………（23）
上欧阳内翰第一书 ………………………………………………………（25）
上欧阳内翰第二书 ………………………………………………………（29）
上欧阳内翰第三书 ………………………………………………………（31）
上欧阳内翰第四书 ………………………………………………………（33）
上欧阳内翰第五书 ………………………………………………………（35）
上王长安书 ………………………………………………………………（37）
上张侍郎第一书 …………………………………………………………（39）
上张侍郎第二书 …………………………………………………………（41）
上韩昭文论山陵书 ………………………………………………………（43）
与梅圣俞书 ………………………………………………………………（45）
答雷太简书 ………………………………………………………………（46）
审势 ………………………………………………………………………（47）
审敌 ………………………………………………………………………（51）
心术 ………………………………………………………………………（55）
六国 ………………………………………………………………………（59）
项籍 ………………………………………………………………………（62）

高祖 …………………………………………………………………… (66)
远虑 …………………………………………………………………… (70)
御将 …………………………………………………………………… (72)
任相 …………………………………………………………………… (74)
重远 …………………………………………………………………… (76)
广士 …………………………………………………………………… (79)
养才 …………………………………………………………………… (81)
申法 …………………………………………………………………… (83)
兵制 …………………………………………………………………… (86)
乐论 …………………………………………………………………… (89)
诗论 …………………………………………………………………… (91)
史论上 ………………………………………………………………… (93)
制敌 …………………………………………………………………… (95)
管仲论 ………………………………………………………………… (97)
明论…………………………………………………………………… (109)
辨奸论………………………………………………………………… (101)
苏氏族谱亭记………………………………………………………… (103)
张益州画像记………………………………………………………… (105)
彭州圆觉禅院记……………………………………………………… (109)
木假山记……………………………………………………………… (111)
老翁井铭……………………………………………………………… (113)
王荆州画像赞………………………………………………………… (115)
仲兄字文甫说………………………………………………………… (116)
名二子说……………………………………………………………… (119)
谱例序………………………………………………………………… (120)
祭史彦辅文…………………………………………………………… (121)
祭亡妻文……………………………………………………………… (123)
送石昌言使北引……………………………………………………… (125)
附:《宋史·苏洵传》 ……………………………………………… (128)

苏洵生平及创作简介

苏洵是北宋著名的文学家，苏轼、苏辙之父，他们父子三人并称“三苏”，在中国文学史上都是赫赫有名的人物。苏洵字明允，号老泉，四川眉州人。关于苏洵是否号“老泉”，历来还存在着一些争议。有人认为苏轼晚年也号“老泉”，“老泉”是苏轼的号而不是苏洵的号。但南宋以后人们大多都称苏洵为“苏老泉”，并一直沿袭下来，为后世绝大多数人所认可。

苏洵的父亲叫苏序，在当地是一位小有名气的地主。他为人平易随和，乐善好施。每年他都要种好多粟，又经常用稻子换粟，然后用大仓库储存。遇到灾年，苏序就打开粟仓救济乡里人。苏序不太管家里的事，也不怎么爱读书，但到晚年他却爱写诗，写了约数千首。这位老先生自己不好学，却特别注重培养自己的儿子学习。当时，眉州很少有人读书，一是经过五代、宋初的战乱，百姓衣食尚自顾不暇，无心读书；二是当时的四川人多安心居于乡里，不愿外出求官，自然也就很少有人读书作学问了。苏序却反其道而行之，要求儿子们认真读书。

苏序有三个儿子：苏澹、苏涣、苏洵。经过刻苦读书，苏澹，苏涣都中了进士。苏涣于宋仁宗天圣二年进士及第，外出做官，在乡里引起了巨大反响。“乡里人嗟叹不已，学者至是相继辈出。至于今，仕者常数十百人，处者（尚未出仕的人）常千数百人。”（苏辙《伯父墓表》）从此，蜀人风气大变，喜爱读书的人日见增多。

与苏涣同时进士及第的还有眉山巨富程文应的儿子程浚。

苏洵在他的二哥苏涣进士及第时已十六岁了，正积极向学，备战科举。天圣五年(1027)苏洵参加了进士考试，但名落孙山。一直到了二十七岁，苏洵“始大发愤。谢其素所往来少年，闭户读书为文辞。岁余，举进士再不中。”（欧阳修《苏明允墓志铭》）

苏洵之妻是程文应之女，颇有家教，修养很高。当时在眉山颇有名望的"程、石、苏"三大家族中,程家可以推为首富。而苏家由于苏序乐善好施,又不善理家,家财时而耗尽,与程家相比,那就相形见绌多了。而程氏来到苏家,却无半点傲慢无礼之举,深受苏家上下的爱戴。有人劝程氏向家里要点财物以资助苏家,但她怕别人笑话苏家,从未向娘家张过嘴。她能够忍受苏家的粗茶淡饭,但对苏洵的"游荡不学"却感到忧虑,只是在表面上却从未流露过。苏洵在为她写的祭文中说:"昔予少年,游荡不学。子虽不言,耿耿不乐。我知子心,忧我泯没。"对这位沉静达理的妻子表示深深的敬意。

苏洵不但少时游荡不学,"年已壮犹不知书",而他的老父苏序却一直放纵他,从来不过问。乡党亲族都感到很奇怪,苏序却笑而不答。苏序对苏洵的两位哥哥——苏澹和苏涣要求都很严格,但对苏洵却放纵而不过问,这是缘于他对这位老儿子的深刻了解。苏洵自小就颇有大志,不愿为句读声律所束缚,他"为人聪明,辨智过人",苏序坚信总有一日,他的这位儿子会有大出息的。对于老父的明察,苏洵后来感叹地说:"知我者唯吾父与欧阳公也。"(欧阳修《苏明允墓志铭》)

苏洵青少年时期虽不肯苦读书,却特别喜欢游山玩水。他写道:"少年喜奇迹,落拓鞍马间。纵目视天下,爱此宇宙宽。山川看不厌,浩然遂忘还。"(《忆山送人五言七十八韵》)苏洵流连山水已到了有家忘归的程度。他所写的记载岷峨三游的诗作可以看出他这一时期是在怎样的纵情山水。他写道:"岷峨最先见,晴光压四川。远望未及上,但爱青若鬟。大雪冬没胫,夏秋多蛇蚖。乘春乃敢去,匍匐攀孱颜。有路不容足,左右号鹿猿。阴崖雪如石,迫暖成高澜。经日到绝顶,目眩手足颠。自恐不得下,抚膺忽长叹。坐定聊四顾,风色非人寰。仰面嗄云霞,垂手抚百山。临风弄襟袖,飘若风中仙。"这首诗中的"岷",指的是岷山,"峨"指的是峨眉山。从诗中可以看出,那时的苏洵是多么眷恋山水,而青灯苦读却是他这时所难以顾及的。

直到二十七岁那一年,苏洵才开始真正的发愤向学。他对妻子程氏说:"我自视,今犹可学。"他的妻子程氏说:"我早就想这样劝你了,但我不想让你是为了我才去读书。如果你真有这种志向,我可以操持家里的生计。"

当时，苏洵的家境确实很糟。他的老父苏序已年过六旬，并且一直不大管家里的事。母亲已经去世。他的大哥苏澹身体似乎一直不太好，在苏洵二十九岁时死去。二哥苏涣常年在外做官，家里的生计自然就全靠苏洵维持了。现在苏洵有志向学，家庭的担子就落在了程氏的肩上。程氏是一位贤良而又颇有见识的女人，为了帮助苏洵实现他的志向，她"罄出服玩鬻之以治生，不数年遂成大富"。而苏洵"由是得专志于学，卒成大儒。"（司马光《程夫人墓志铭》）可见没有程氏的自我牺牲精神和持家的本领，就不会有后来的"大儒"苏洵。

苏洵立志发愤读书，家计方面由程氏一手经管，不用他操心。而要想安下心来苦读，他还必须谢绝平素所往来交游的朋友们。从苏洵二十七岁发愤读书开始，"游玩"的朋友渐渐少了，一些"士君子"渐渐成了他的密友。这些朋友有陈公美、董储、史经臣兄弟等人，对苏洵求学入仕产生了很大的影响。陈公美与苏洵同为四川眉州人，也是一位学者，与苏洵结拜为兄弟，二人交往颇深，到了"饮食不相舍，谈笑久所陪"的程度。董储是山东人，宋仁宗宝元二年任眉州知州，与苏洵有过交往。苏轼后来任密州知州时，路过董储的老家，曾去看望过他的儿子，并留诗屋壁。史经臣字彦辅，是眉州一带著名的学者，这个人性格豪放爽朗，苏洵在《祭史彦辅文》中写道："子以气豪，纵横放肆，隼击鹏骞。奇文怪论，卓若无敌，悚怛旁观。忆子大醉，中夜过我，狂歌叫喧。予不喜酒，正襟危坐，终夕无言。"这两位性格迥异的人相得甚欢，原因在于他们都胸怀大志，但史经臣屡试不第，最后潦倒而死。史经臣的弟弟史沆也是苏洵的朋友，进士及第，曾在外为官，后死于狱中。

苏洵与士君子交游，又发愤读书，但不幸的是，当他二十九岁再去应试时，还是没有考中。因为他对属对声律这套科考办法不感兴趣，未得其法便难以过关。此后的十余年时间，他经常往返于蜀中与京城之间，但皆以落第而归。庆历五年(1045)三十七岁的苏洵再次到京城应试，这次他考的是"制策科"，同行应考的有他的挚友史经臣。

北宋仁宗时，制科久废，仁宗下诏说："朕开数路以详延天下之士，而制举独久不设，意者吾豪杰或以故见遗也，其复置此科。""制科"是在正常的科举考试之外增设的科目。那一次宋仁宗恢复了原来已有的六个制科:贤良方正能直言极谏科、博通坟典明于教化科、才识兼茂明于体用科、详明吏理可使从政科、识洞韬略运筹帷幄科、军谋宏远材任边寄科。同时又新增加了"高蹈丘园科、沉沦草泽科、茂材异等科",用以选拔布衣之士。苏洵那一次参加了茂材异等科的考试。这种考试较之常规的进士考试要难得多,因为这不是"常科",所考中的人数很少。

就在苏洵这次入京应试的前后,朝廷中发生了很大的变化。当时,宋朝与西夏之间战争连绵不断。庆历元年,好水川一战,宋军损失惨重,后双方议和,宋朝每年赐给西夏银十万,绢十五万。这时,契丹又乘机要挟宋朝,在原有澶渊之盟所给的钱物外,宋朝每年还要给契丹银绢各十万两匹。以宋朝之尊竟与西夏和辽国连战连败,使宋仁宗下决心进行改革,以达富国强兵之目的。这就是所谓的庆历新政。他先后任命范仲淹、富弼、欧阳修等人担任朝廷要职,大张旗鼓地进行变革。仁宗采纳了范仲淹提出的明黜陟、均公田、厚农桑、修战备等十条政纲,并开始付诸施行。

庆历新政赢得全国上上下下的一片叫好声,苏洵也大受鼓舞。他在写给欧阳修的一封信中说:"方是之时,天下之人,毛发丝粟之才纷纷然而起,合而为一。""洵也自度其愚鲁无用之身,不足以自奋于其间。退而养其心,幸其道之将成,而可以复见于当世之贤人君子。"

庆历新政对贵族的特权进行了限制,对官吏的管理和举劾也较过去严厉多了,许多权贵便群起反对新政。范仲淹等人纷纷离开中央到地方任职。庆历五年春,宋仁宗下诏废除有关恩荫和举劾的新法,庆历新政失败,革新派被一一罢黜。

苏洵虽然没有能够参与新政,但新政的失败令他忧心忡忡。他在给欧阳修的信中说:"洵时在京师,亲见其事,忽忽仰天叹息,以为斯人之去,而道虽成,不复足以为荣也!"

苏洵这次满怀希望,进京赴考,但还是时运不济,仍然以落第告终。苏洵怀着怏怏不乐的心情准备到庐山去游历一番,然后再返四川。临行前,他的二哥苏涣正好从地方任期满返京,便作诗送他的弟弟苏洵说:"人稀野店休安枕,路入灵关稳跨驴。"

苏洵来到庐山,落第的抑郁情绪被庐山壮丽雄奇的景色一扫而光。在庐山的东林寺和西林寺他见到了两位高僧,都是四川人,二人见到苏洵这位老乡自然十分高兴，便陪着他游遍了庐山所有的名胜之处。苏洵在庐山游历了一个多月之后，又南游虔州(今江西赣州)。在这里，他结识了钟子翼和他的弟弟。钟子翼在江南一带是知名人士，连欧阳修、曾巩这样的大文人也早慕其名。钟子翼兄弟二人对当时还默默无闻的苏洵非常赏识，陪着他游览了许多名胜古迹。兄弟二人对苏洵崇敬有加，苏洵不喜酒，但他们每次都要设酒相待。

苏洵还准备到岭南一游，这时，他得到了老父苏序去世的消息，他写道："此意竟不偿，归抱愁煎煎。"苏洵在四川奔丧的途中见到了与他一起进京赴考同样落第的挚友史经臣。在苏洵游历庐山、虔州等地的时候，史经臣去临江看望在此为官的弟弟史沆，不想史沆竟然被下进大狱。史经臣生性豪放。他忍住弟弟下狱给他带来的痛苦，不断劝慰苏洵节哀自重，并陪着苏洵一块返回了四川。

苏洵回到四川，苏涣也赶了回来，兄弟二人将老父苏序安葬在家乡的祖茔之侧。

庆历新政的失败和屡试不第的结局，使苏洵痛下决心"绝意于功名而自托于学术"。从庆历七年他应制策考试不中回家，到嘉祐元年再度进京，十年中，苏洵一直再没有前往京城应试。他闭门读书，撰写文章，教育自己的两个儿子——苏轼和苏辙。

苏洵烧掉了为应付考试而写的数百篇文章，然后拿来《论语》、《孟子》以及韩愈等人的文章，"兀然端坐，终日以读之者七八年。"经过反复研读这些先贤们的书，他"胸中豁然以明"。弄懂了古今治乱成败，圣贤穷达的出处，"得其精粹，涵畜充溢，抑而不发久之"，最后到了"胸中之言日益多，不能自制"时，这才挥笔作大文章。

苏洵现存的作品主要写于庆历新政失败以后和王安石变法之前这段时间，大体上可以划分为政治主张和军事主张两大部分。

苏洵的政治主张集中在《衡论》十篇和五千多言的《上皇帝书》中。苏洵的《上皇帝书》与王安石的《上仁宗皇帝言事书》同作于嘉祐三年，两个人都提出了一整套变法革新的主张，但内容不大一致。

苏洵说，一个国家，首先要制定出一个根本性的政策，即所谓"定所尚"，然后"至于万千年而不变，使民之耳目纯于一，而子孙有所守，易以为治。”他认为宋朝总的形势是“大弱之实”，具体表现是：吏治腐败，军纪松弛，府库空虚，在辽和西夏的进攻面前节节退让，忍辱偷安。那么，怎样改变这种“大弱之实”的局面呢？苏洵提出了用强政的主张，也就是“尚威”。这是宋王朝应该自始至终奉行的一个基本原则。他写道：“当今之势，求所谓万世为帝王，而其大体卒不可革易者，其尚威而已矣”。具体说就是“一赏罚、一号令、一举动，无不一切出于威。严用刑罚而不赦有罪，力行果断而不牵众人之非，用不测之刑，用不测之赏，而使天下之人视如风雨雷电……此之谓强政。”(《审势》)苏洵认为朝廷如能施这样的强政，数年之后，天下之势可以复强。

在强政的具体施行中，苏洵认为首先要加强吏治。朝廷要用腹心之臣，选拔官吏要任人唯贤，不拘一格，而对只靠一次考试就确定一个人终生为官的做法十分不满意。另外，苏洵还特别强调，对边远之地，择吏尤为重要。而宋朝往往把一些边远之郡作为安置被贬黜官吏的地方，不予以相应的重视，长此以往，这些边远之郡就可能出乱子。

苏洵还认为，推行强政必须在法制上进行改革。法令不宜过于繁密，而关键在于有法必行。另外有些弊法，如用金钱赎罪等必须更改。在如何抑制土地兼并问题上，苏洵也提出了自己的见解和设想。

曾巩说：“苏明允为人聪明，辨智过人，气和而色温，而好为策谋，务一出己见，不肯蹑故迹。颇喜言兵，慨然有志于功名者也。”

苏洵在文章中还提出了改革兵制，恢复武举，信用才将等建议，以求获取对辽和西夏战争的胜利。在兵制方面，苏洵主张以兵民合一的制度逐渐取代兵民为二的制度。他还针对宋朝将武将调离军队以文臣充武将的做法提出了批评，他认为朝廷应该信任和使用那些有才能的将领，尽量发挥他们的长处，以提高军队的战斗力。此外，苏洵还对战略战术等问题进行了较为深入的论述。

苏洵的革新主张涉及政治、经济、军事等各个领域，其中包括吏治、法制、兵制、田制等等，内容广泛，见解精辟，切中时弊，不失为治疗宋朝积弱状态的一剂良药。

苏洵的文章一经面世，立刻引起了轰动。天下许多有名望的人士纷纷予以赞扬。张方平说他的著述像汉代的贾谊一样，善于“明王道”。欧阳修也赞赏他说:“博于古而宜于今,实有用之言,非特能文之士也。”雷简夫则说苏洵“悼悼有忧天下之心”,“真王佐才也”,“用之则为帝王师”,“岂惟西南之秀,乃天下之奇才耳。”

苏洵绝意于功名,除了在家写文章,就是教育苏轼苏辙兄弟,将自己未竟之功名,寄托在他的两个儿子身上。

苏洵到京应试不第并游历江南期间,苏轼兄弟由苏洵之妻程氏教导,这位颇有见识的母亲教导他们的孩子要有名节,做人要正直,这对他们兄弟二人后来处世刚直的性格,产生了深刻的影响。

苏洵返家后,开始亲自教授苏轼兄弟。他写了一篇《名二子说》,对两个儿子的名字作了一番论说,并对他们的前途作了一番预测。“轼”是车上作扶手的横木,显露于外,苏洵说:“轼乎,吾惧汝之不外饰也。”苏轼后来果然养成了毫不雕饰,性格外向的豪放气质。“辙”是车子碾过的印迹,没有车之功,也无翻车之祸,苏洵说“善处于祸福之间”。这与苏辙后来的性格也很相似。他宁静淡泊,含而不露,一生虽有坎坷,但并没像苏轼那样,因文字下狱几乎惹来杀身之祸。从苏轼二兄弟一生的经历看,苏洵在《名二子说》一文中对两个儿子未来前程的推测是有一定的预见性的。

苏洵还经常教育苏轼兄弟读书写文章,首先要“治气养心,无恶于身”,然后用所学到的东西教化别人,这才不算白活一回。如果不幸不为朝廷所用,也要以自己所学到的东西写成文章,让别人知道。苏轼兄弟后来都成为了朝廷重臣,他们以其高尚的修养和品性,为国为民都做了许多好事,而他们文章也被天下广闻,他们没有辜负苏洵早期的启蒙教育。

苏洵经常与两个儿子一起读书,共同探讨古今成败之得失。在苏洵的培养下,苏轼兄弟从小就饱读经史百家之书。苏辙长大后写道:“惟我与兄,出处昔同。幼学从师,先君是从。游戏图书,寤寐其中”。又说:“读书犹记少年狂,万卷纵横晒腹囊。”

在苏洵的指导下,苏轼兄弟很小就开始写文章。苏轼在十岁前后就写了《夏侯太初论》等文章。苏辙写过《缸砚赋》,苏洵认为写得很好,让他用上好的纸写出来,钉于所居壁上。

苏洵一共生有三子三女。长子和两个大女儿都在幼年时死去了。三女儿八娘十六岁时嫁给了舅父程浚之子程正辅。婚后,八娘受到了程家的虐待，不到两年就忧郁而死。明清时的一些小说家说苏轼有个妹妹叫苏小妹，嫁给了苏轼的朋友秦少游，并有新婚之夜三难秦少游的情节，当然是属于虚构。苏轼没有妹妹，八娘是他最小的姐姐。这位小姐下嫁秦少游是假的，但她很有才气却是真的。苏洵有一组长诗《自尤诗》，沉痛叙述了女儿八娘被程家虐待至死的经过。苏洵说他的小女八娘“幼而好学，慷慨有过人之节，为文亦往往有可喜”，她喜爱读书作文而不注重华饰。程家来求婚，苏洵夫妻就答应了。但婚后不久，八娘就跑回来，哭诉程家的人如何不懂礼仪，只顾自寻快活。苏洵却让女儿独善其身。女儿照着父亲的话做了，却招来了程家的嫉恨。后来，八娘身染重病，程家却不为她治疗，苏洵夫妻只好将女儿接回家中。经过家中的精心调理，八娘的病情有所好转。但这时程家却怪她不回去拜见公婆，狠心抱走了她的孩子。八娘忧愤交加，旧病复发，三天就死了。苏洵一家悲痛欲绝，乡里的许多人也愤愤不平，为苏家感到难过。苏洵写道：“当时此事最惊众，行者闻道皆酸辛”，“只今闻者已不服，恨我无勇不复冤”。苏洵没有到程家兴师问罪，只是在一篇《苏氏族谱亭记》中大骂了八娘的公公、他的妻兄弟程浚一通，苏洵骂程浚“逐其兄之孤子”，“多取其先人之赀田”，“笃于声色，而父子杂处”，还说“其舆马赫奕，婢妾靓丽，足以荡惑里巷之小人；其官爵货力，足以摇动府县；其矫诈修饰言语，足以欺罔君子；是州里之大盗也！吾不敢以告乡人，而私以戒族人焉。仿佛于斯人之一节者，愿无过吾门也。”

苏家与程家断绝了往来，直到四十年以后，苏轼兄弟晚年被贬到岭南，八娘的丈夫程正辅任广东提点刑狱，他们才和归于好。

苏洵在家中闭门著书，终成泱泱大观，而这时的朝廷局势又发生了很大的变化。至和元年(1054)欧阳修回到朝中任翰林学士兼史馆编修。第二年，文彦博、富弼还朝任宰相，韩琦还朝任枢密使。当年推行庆历新政的重要人物除范仲淹、尹洙去世外，都再次回到朝廷任重职。这对苏洵来说，真是一个难逢的机遇。他“喜且自贺，以为道既已粗成，而果将有以发也！”这时，一位著名人物张方平到成都任太守，苏洵的命运出现了转机。

张方平，字安道，祖籍宋州，后迁扬州。这个人聪颖异常，书读一遍则终身不忘，被誉为“天下奇才”，他是通过制科“茂材异等”科中选的。在朝廷中曾任翰林学士，知制诰等职。宋仁宗想任用他当宰相，但他自称有眼疾，要求到地方任职，曾任滁州、杭州、滑州等地的知州。他曾向皇帝上平戎十策，有独到见地。至和元年，张方平到成都上任，任益州知州。

张方平一到成都就注意打听这里是否有隐士奇才，有人向他推荐眉山的苏洵，说这个人“隐居以求其志，行义以达其理”，这个人正是他要寻访的隐士奇才。有人还评论说：张方平如果想要推举蜀中的人才，那一定是苏洵莫属；而苏洵欲得别人的举荐，那也没有比张方平更合适的了。苏洵得知张方平来到成都，准备举荐人才，正犹豫是否能轮到他的头上，没料到，数月后有人通知他，张方平已正式推举他了。苏洵怀着感激的心情写了《上张益州书》，并赶往成都拜见了张方平，献上了他所写的《几策》、《衡论》、《权书》等著作。张方平见到苏洵的第一印象是这个人比较平静内向；深谈以后，觉得他的知识非常渊博；及至读了他的文章，更觉得他下笔如大山之云，大江之水，变化莫测，气势雄浑，不觉对苏洵格外敬重，认为左丘明、司马迁、贾谊为文之道苏洵都兼而有之。张方平对苏洵表示了特殊的关爱，他专门为苏洵设了一个座位，以便与之交谈，别的客人来了，这个座位不得坐。两个人谈古论今，大都不谋而合，于是成了终生莫逆。张方平向朝廷推荐苏洵，让他在成都任学官，但迟迟没有得到答复。

苏洵在拜见了张方平之后不久，又拜访了雷简夫和吴照邻。

雷简夫字太简，早年隐居不仕。康定年间经过枢密使杜衍的推荐这才出山，先是以秘书省校书郎签书秦州观察判官，后来又在坊州、阆州等地任过知州。苏洵前去拜见他时，他正任雅州(今四川雅安)知州。苏洵之所以专程去拜见雷简夫，可能是得到了张方平的推荐。

雷简夫见到了苏洵，读了他的文章，立刻被苏洵的雄才大略所折服。他在给张方平的一封信中对苏洵给予了极高的评价。他说：“简夫近见眉州苏洵著述文字，其间如《洪范论》，真王佐才也；《史论》，真良史才也。岂惟西南之秀，乃天下之奇才耳。”他认为张方平为苏洵只请了个文官之职，这未免太屈才了。他说苏洵这个人“用则为帝王师，不用则幽谷一叟耳”，区区一个学官怎么能展示苏洵的旷世奇才呢？他请求张方平一定要坚持不懈地向朝廷推荐苏洵，直到朝廷任用他为止。在苏洵进京时，他又写信给当时的朝廷重臣韩琦和欧阳修，请他们一定要拔擢苏洵这个人才。他在写给欧阳修的信中说：“起洵于贫贱之中，简夫不能也，然责之亦不在简夫也；若知洵不以告人，则简夫为有罪矣”。最后他说苏洵今后的前程全靠您这位欧阳翰林了。苏洵与雷简夫并无深交，而雷简夫竟这样一力举荐，可见这个人也是个胸襟坦荡，惟才是举的贤明君子。

苏洵到犍为（今属四川）拜见的县令吴照邻与苏洵的二哥苏涣同科进士及第，他六载为蜀官，与苏洵的交往也很深。后来他赴京时，带着苏洵的文章呈给了欧阳修。

张方平向朝廷推荐苏洵迟迟得不到回音，便劝苏洵说：“远方不足成君名，盍游京师乎？”苏洵便听从了张方平的劝告，决定带着苏轼和苏辙前往京师。正好嘉祐元年诏礼部贡举，苏轼兄弟也学已至精了，这样父子三人带着张方平写给欧阳修的推荐信，踏上了赴京的旅途。

苏洵父子在成都告别张方平，从褒斜谷出川赴京。

父子三人一路上风餐露宿，在途经扶风凤鸣驿（今属陕西）时，驿馆十分残破，只好重找旅馆住下。在途经二陵（今属河南，为当时的交通要冲）时，他们的马死了，只好改骑毛驴。苏轼后来写给苏辙的一首诗中说：“往日崎岖还记否？路长人困蹇驴嘶。”当父子三人一路辛苦，于五月抵达京师开封时，正赶上这里闹水灾，他们只好等待，直到秋天，大水退尽，苏洵父子这才见到了欧阳修等人。

在苏洵父子上京前，欧阳修就收到了吴照邻带给他的苏洵的文章，他对苏洵大加赞赏。这次见面，苏洵呈上了张方平、雷简夫等人的推荐信、自己的作品，还写了一封信，表达了对欧阳修等人的仰幕。

欧阳修对得到苏洵这样的人才十分欣喜，认为他的文章可以与荀子相比。他很快把苏洵的文章呈上了朝廷，并写了《荐布衣苏洵状》，希望朝廷能够录用苏洵。欧阳修说：“眉州布衣苏洵，履行淳固，性识明达……其论精于物理而善识变权，文章不为空言而期于有用。其所撰《权书》、《衡书（论）》、《机策》二十篇。辞辩闳伟，博于古而宜于今，实有用之言，非特能文之士也。其人文行久为乡闾称道，而守道安贫，不营仕进。”欧阳修还特意写信给富弼，希望他能接见苏洵。

值得一提的是，张方平与欧阳修过去在政见上有些分歧，但张方平还是向欧阳修推荐了他的好友苏洵，因为他相信欧阳修的人品。而欧阳修也欣然接纳了张方平介绍的人，并不遗余力地予以推荐，还写信给张方平表示感谢，说他“所荐得人”。张方平、欧阳修如此坦荡的胸襟令人敬重。

苏洵还给富弼、文彦博、韩琦等人写信，请求拜见，并含蓄地提出是否能得到他们这些元老重臣的举荐。在这些信中，苏洵还提出了自己的一些政治见解，有一些甚至相当尖锐。例如，他在写给富弼的信中，就对富弼提出了尖锐的批评。富弼曾是庆历新政的积极推行者。但失败后锐气顿消。至和二年重回朝廷任宰相以来，因循守旧，全无创新之举。苏洵毫不客气地说，当初仁宗起用富弼为相，“天下咸与相庆”，以为他这次一定会大有作为的，没料到盼来盼去，富弼连一点有所作为的动静都没有，真令人感到失望。苏洵写信本来是想求进身之道，没有多少奉承的话，反倒当头一通猛批，看来还是他的性格使然。在写给当时的最高军事长官韩琦的信中苏洵也没客气，对当时宋军涣散，缺乏斗志、纪律松散等问题也提出了批评。

也许对苏洵的批评，富弼、韩琦大不以为然，也许另有别的原因，这两位身居要职的名臣并没有像欧阳修那样对苏洵表现出特殊的兴趣。韩琦对苏洵礼尚有加，引为座上宾，但只是认为他文章写得好，却不采纳他的建议。而富弼对苏洵的态度就更为冷淡一些了。这样，尽管苏洵四处写信，欧阳修也极力推荐，但最后还是没得到朝廷的任用。苏洵没有死心。嘉祐元年冬天，张方平从成都离任返京。苏洵再次给他写信，求他再为推荐。这封信写得很是凄凉。说自己这次到京师来，如果还是一事无成，那么也不用再求谁了，以后也就没什么希望了。他接着写道：“明公所谓廉洁而有文，可以比汉之司马子长者，盖穷困如此，岂不为之动心而待其多言邪！”真可谓字字血，声声泪。为了迎候张方平返京，苏洵冒着风雪到城外等候，冻得“唇黑面烈，僮仆无人色。”见导骑从东来，从者数百人，足声如雷，以为是张方平，走近一看，却是别的官员，大失所望。可见当时苏洵的境况是何等悲凉。

与父亲苏洵举步维艰的境况相反，苏轼苏辙二兄弟此次进京可谓春风得意。那一年正好是欧阳修知贡举，为了矫正当时文坛上流行的求深务奇的文风，力倡古文革新的欧阳修决定对这种文风进行坚决打击，凡是文涉诡异艰深者皆不取，而以文辞晓畅、意气充沛见长的苏轼兄弟却得到了欧阳修的极大赏识，结果兄弟二人皆以高等中进士，一时名动京师。

苏洵在京师没有谋到一官半职，但他的文章受到欧阳修等名人的推崇，很快在京城的公卿士大夫中间流传开来，再加上两个儿子一举皆中高等，父子三人在京师名声日高。“一时后生学者皆尊其贤，学其文，以为师法”。（欧阳修《苏明允墓志铭》）苏洵父子初到京时，到处拜见“王公大人”，而现在，许多王公大人、社会名流却纷纷前来拜见他们，这或许能使苏洵备受功名冷落的心情得到一丝慰藉。但正在这里，苏洵的贤妻程氏在家乡病故，三人仓猝离开了京师。

当父子三人回到四川眉山老家时，家里已是一片残败景象：“屋庐倒坏，篱落破漏，如逃亡人家。”苏洵怀着满腔的悲痛将爱妻程氏安葬在鼓山安镇乡可龙里老翁泉上。苏洵在这里建了一个亭子，常常在此徘徊，缅怀妻子的过去。

程夫人确实是一位难得的女性。正如司马光为她所作的墓志铭中说的那样：“妇人柔顺足以睦其族，智能足以齐其家，斯已贤矣。况如夫人能开发辅导成就其夫、子，使皆以文学显重于天下，非识略高绝，能如是乎?”这一评价对程氏来说是十分恰当的，可惜，这样一位“识略高绝”的母亲呕心沥血培养了她的儿子，没有看到他们双双高中荣归故里，便溘然长逝了。

苏洵的贤妻程氏刚刚去世不久，他的一位忠诚的亲友——史经臣也离开了人世。这双重的打击令苏洵沉痛不已，心情久久难以恢复，以致于卧床不起。苏洵赴京前，史经臣曾抱病前来相送，“相顾流连”。苏洵回川后，得知史经臣已病入膏肓，“问以后事，口不能语，悲来塞咽。”史经臣死后，苏洵抱病卧床，只好派苏轼前往祭奠。为了纪念这位死去的老友，苏洵带病整理史经臣的遗稿，并发誓说：“我如不朽，千载之后，子名长存。”结果，苏洵真的以文名而不朽了，后人也因他而得知还有史经臣这样一位对朋友忠心耿耿、品行豪放不羁的人物。史经臣兄弟皆无子，只有史沆有一女流落襄州，苏洵写信给吴照邻，请他一定多加关照。

苏洵从京师返回四川，心情一直郁郁不乐，贤妻挚友相继离世，寻求仕途功名而一无所得，这一切都使苏洵下定决心，终老山林，不复他求。然而，就在他下决心断绝仕途的时候，朝廷却意外地有了回音。在欧阳修向朝廷推荐苏洵两年后，也就是嘉祐三年十月，朝廷诏苏洵进京于舍人院考试策论。苏洵上书仁宗，表示自己不能赴京应考。半年后，朝廷再次催促他进京，他又写信申诉不能赴京的理由。他对皇帝说他有病，“不能奔走道路，以副陛下搜扬之心。”而最主要的原因还是他对科举制度的不满。他在《上皇帝书》中比较委婉地流露了一下。他写道：“臣本凡才，无路自进，当少年时，亦尝欲侥幸于陛下之科举。有司以为不肖，辄以摈落。盖退而处者十有余年矣，今虽欲勉强扶病戮力，亦自知其疏拙，终不能合有司之意。恐重得罪，以辱明诏。”而在《与梅圣俞书》中，他则毫不掩饰地对科考表示了强烈的不满。他写道：“仆岂欲试者？惟其平生不能区区以附合有司之尺度，是以至此穷困。今乃以五十衰病之身，奔走万里以就试，不亦为山林之士所轻笑哉？自思少年尝举茂才，中夜起坐，裹饭携饼，待晓东华门外，逐队而入，屈膝就席，俯首据案。其后每思至此即为寒心。今齿日益老，尚安能使达官贵人复弄其文墨，以穷其所不知邪？”他觉得自己已这么大年岁了，再去“屈膝就席，俯首据案”地通过有司的考试，对自己的自尊实在说不过去，也恐怕被别人所轻笑，因此他一再谢绝前往京师应试。但是他虽然口口声声说自己已绝意仕途，实际上还是希望自己的才能能够被皇帝发现，并有所作为。因此，他在《上皇帝书》中把自己的政治变革主张列为十条奏给皇帝。这十条概括起来是：要选择真正有才能的官吏，使之不断升迁。要严格官吏的考核制度，罢减冗官，信任大臣，尊重小吏，远离小人，恢复武举等等。从这篇文章中可以看出，苏洵对吏治有着浓厚的兴趣，这与王安石强调的法制治国大相径庭。嘉祐四年六月，朝廷再次下诏，这时苏轼兄弟守母丧期已满，苏洵决定带着他的全家再次入京。

嘉祐四年十月，苏洵父子带着全家人沿着岷江、长江而下，次年二月抵达京师。

上一次，苏洵父子三人进京走的是陆路，这一次他们走的是水路。一路上父子三人下棋弹琴，赋诗饮酒，每到有名胜古迹的地方，父子三人就下船登岸，尽兴地游玩一番。苏洵父子三人虽然没有什么官职，但名声早已远播四方。所以，每到一地，都有地方官员和故旧亲友前来奉陪。他们路过嘉州时，嘉州太守设酒宴招待他们，在这里，他们参观了龙岩、凌云寺，参拜了闻名天下的乐山大佛。苏洵父子三人来到渝州时，渝州太守张子立亲到江边看望他们。船过三峡，一路上有许多著名的风景名胜，苏洵父子也都一一游览。他们每去一处，都要吟诗作赋。经过两个月的水上行舟，苏洵父子三人带着家眷到达了江陵。他们将一路所作的诗赋汇编成册，命名为《南行前集》，共一百篇。苏洵父子到达荆州后改由陆路北上，于嘉祐五年二月中旬到达京师。他们又把由江陵到京师途中所有的诗汇编为《南行后集》。原集早已佚失，部分作品尚保留。

苏洵父子来到京师，暂时居住在西冈。苏轼被朝廷任命为河南福昌县主簿，苏辙任渑池县主簿。但欧阳修等人推荐他们兄弟二人参加即将举行的制科考试，因此兄弟二人都没有赴任。

苏洵到达京师，因他屡次拒绝参加考试，朝廷只好给了他一个小官，试秘书省校书郎。校书郎官位九品。前边再加一个"试"字，就比九品还要低一点了。苏洵怏怏接受了这个小官，然而心中未免大失所望。三年前，他就名动京城，人们对他都是一派赞美之辞，而他自己也颇为自负。没想到盼来盼去，竟盼来了这么一个小官。只能"得六七千钱，诚不足以赡养"。就职一年后，苏洵愤愤然地上书给宰相韩琦，要求再给他一个别的官。他写道："今洵幸为诸公所知，似不甚浅，而相公尤为有意。至于一官，则反复迟疑不决者累岁。嗟乎，岂天下之官以洵故冗耶？"

苏洵与韩琦私交甚好，韩琦常将苏洵引为座上宾，并且也同意用他。苏洵之所以没有得到重用，主要是富弼的原因。当时是富弼与韩琦共同主持国政，对苏洵的态度，富弼是"姑少待之"。这一句再等等吧，就决定了苏洵终生也只能得到个八、九品的小官了。

嘉祐六年(1061)七月，太常寺准备修纂自宋太祖建国以来(从建隆元年开始)的《礼书》，苏洵这才被任命为霸州文安县主簿，与陈州项城县令姚辟共同修纂《礼书》。县主簿的官职也仅仅是八、九品的小官。对此，苏洵的挚友张方平也颇为不满，他指责韩琦对苏洵是："知其才而不能用"。而苏洵本人更是牢骚满腹。一次重阳节，韩琦设家宴，苏洵也在邀请之列。回来后，苏洵写了二首《九日和韩魏公》的律诗。其中颈联两句是这样写的："佳节久从愁里过，壮心偶傍醉中来。"宣泄了他心中的抑郁不平。

苏洵自谋得小官到去世前这段时间，一共写了三部较大的著作。一是奉命与姚辟合编的一百卷《礼书》。在编修的过程中，他反对将祖宗的过差不经之事一并删去的做法，主张要真实地记录历史。“遇事而记，不择善恶。”二是著了《谥法》三卷。三是写了《易传》十卷，但未写完就去世了。对这部书，苏洵颇为自负。他在《上韩丞相书》中说：“此书若成，则自有《易》以来未始有也。”苏辙后来在评价他父亲的这部作品时说：“先君晚岁读《易》，玩其爻象，得其刚柔，远近，喜怒，逆顺之情，以观其词，皆迎刃而解”。这说明苏洵对《易经》确实作了一番深入的研究，并提出许多“未始有”的新见解。

苏洵在编纂《礼书》其间，也仍然关心时局。仁宗去世，韩琦主持修建陵园，大兴土木，颇为扰民。苏洵给韩琦写了一封信，对他的行为严加指责，有些话说得非常尖刻，致使韩琦为之变色。但最后韩琦还是原谅了苏洵，并部分地采纳了他的建议。

苏洵一生中最大的政敌恐怕非王安石莫属了，而他们的“交恶”，最主要的原因还在于政见的严重分歧。就在苏洵还默默无闻的时候，王安石的名声就已经很大了。对于北宋积贫积弱的现状，二人都十分不满，都提出要采取措施，改变这种状况。嘉祐三年，苏洵、王安石二人先后向仁宗皇帝上书，表达了各自改革的主张，但具体想法却大相径庭，甚至是针锋相对的。

苏洵带着他十年心血“熬”就的著作来到京师，立刻引起哄动，叫好之声不绝于耳，只有王安石独不嘉之。认为苏洵是“战国纵横之学”，“大抵兵谋、权利、机变之言也。”意思也就是说苏洵只会说些大话，缺乏实际操作的可行性。渐渐地，双方产生了仇怨。方勺在《泊宅编》中有这样一段记载：“欧公（欧阳修）在翰苑时，尝饭客。客去独老苏（苏洵）少留。谓公曰：‘适座有囚首丧面者何人？’公曰：‘介甫（王安石）也。文行之士，子不闻之乎？’洵曰：‘以某观之，此人异时必乱天下，使其得志立朝，虽聪明之主，亦将为其诳惑。内翰何为与之游乎？’”但据说欧阳修并没有拿苏洵的话当真，还曾劝过苏洵要与王安石交往，苏洵断然回绝。

苏洵、王安石二人矛盾冲突的升级缘于王安石对苏轼兄弟的不满。

嘉祐六年，苏轼兄弟经欧阳修等人的推荐参加了制科考试。苏轼在题为《进策》的答卷中，针锋相对地反驳了王安石所说的“天下久不安，患在不知法度”的说法，认为“当今之患，虽法令有所未安，而天下之所以不大治者失在于任人，而非法制之罪也。”显然，这与其父苏洵的观点是一脉相承的。宋仁宗看了苏轼兄弟的文章后很高兴，说：“朕今日为子孙得两宰相矣！”而王安石对苏轼兄弟的考卷却大为不满。据邵博的《闻见后录》中记载：“东坡中制科，王荆公（王安石）问吕申公：‘见苏轼制策否？’申公称之。荆公曰：‘全类战国文章。若安石为考官，必黜之。’”王安石不是考官，当然不能废黜苏轼兄弟。但当时他任知制诰，代皇帝立言。他在《应才识兼茂明于体用科守河南福昌县主簿苏轼大理评事制》的制词中却借皇帝的口吻大大教训了苏轼一通。大意是说苏轼尚年少，还要试试他的从政之才如何。对学问要有深刻的理解得其要义 然后才能不违于道等。言外之意，苏轼年少气盛，能力还差得远呢。而对苏辙，王安石就更不客气了。苏辙的试卷极言政之得失，对后宫之事尤其讲得深切，有人提出罢黜他，但宋仁宗考虑“以直言召人，而以直言弃之，天下将谓我何？”于是苏辙被列为“下等”，任命他为商州军事推官。但王安石不肯为其撰词，苏辙因此而未能赴任。至此，苏洵与王安石结下了深怨。王安石的母亲死了，士大夫皆前往吊唁。只有苏洵不去，并写了一篇《辨奸论》，把王安石骂得体无完肤，并断言“误天下苍生者必此人也”。

苏洵所草著的《易传》以及他所著的《六经论》、《太玄论》、《利者义之和论》、《洪范论》等著作中都表现出了比较丰富的哲学思想。

苏洵相信天命，相信英雄创造历史。比如他说“风俗之变，圣人为之也”，“国以一人兴，以一人亡”等。但在一些具体问题的论述上，他表现出了比较朴素的唯物思想。比如在义利的关系上，他认为“义利、利义相为用，而天下运诸掌矣”。也就是说，要治理好国家，就必须懂得义和利是缺一不可的。孔子说：“君子喻于义，小人喻于利。”而苏洵却说：“君子乐以趋徒义，而小人悦怿以奔利义。”公然与孔子的观点唱反调，但两相比较，苏洵的利、义观较孔子要更实际，更准确一些。

苏洵还认为，“贪生怕死，好逸恶劳”是人之常情，不承认这种现象是不现实的，问题在于怎样去引导它，不使它越轨泛滥。他说：“民之苦劳而乐逸也，若水之走下。”而“圣人之道所以不废者”是因为有了《礼》、《易》、《乐》、《诗》等来教化和匡正人们的这种惰性。

苏洵对世上事物的发展有一定的规律性也具有一定的认识，他在《辨奸论》中说："事有必至，理有固然。惟天下之静者乃能见微而知著。"

另外，苏洵对风俗随时代而变化，本末之间的相互关系等也都有较为独到的见解。

苏洵是北宋古文运动的参与者和推动者。虽然在这方面他没有专门的文论著作，但散见在他的一些文章和书信中为文的观点，归纳起来也是很系统、深刻的。

他反对当时流行的文风，认为这种怪僻奇诡的文风实在是"虚浮不实"。

宋真宗朝和仁宗朝都曾多次下诏，要求戒除浮文，但并没有起到多大作用。直到嘉祐二年，欧阳修主持礼部考试，对这种不良的文风给予了沉重的打击。而深受苏洵为文思想影响的苏轼兄弟以平白晓畅的文风深得欧阳修的欣赏，同科中了进士。《宋史·欧阳修传》中记载："时士子尚为险怪奇涩之文，号'太学体'，修痛排抑之，凡如是者辄黜。毕事，向之嚣薄者伺修出，聚噪于马首，街逻不能制。然场屋之习，从是遂变。"

苏洵曾多次参加科考，但他的文章一直不符合考官的口味，屡考屡败，这与始终厌恶写那怪僻不可读的文章有很大关系。他不肯"区区符合有司尺度"愤然绝去功名之念，不再参加科考，埋头著述，最后终于名满京城，而他的那种平实通畅，不务深奇的文风也逐渐成了人们学习的楷模。他潜心培养的两个儿子继承了他的文风，为欧阳修所推重，在考场上大放异彩，为苏洵出了气争了光，甚至对一代人的文风都产生了很大的影响。

苏洵反对时文，崇尚古文，但他并不是一味的崇古，而是主张为文要有鲜明个性。他在《上欧阳内翰第一书》中说："执事(指欧阳修)之文章，天下之人莫不知之，然窃自以为，洵之知之特深，愈于天下之人，何者？孟子之文，语约而意尽，不为巉刻斩绝之言，而其锋不可犯。韩子(愈)之文，如长江大河，浑浩流转，鱼鼋蛟龙，万怪惶惑，而抑遏蔽掩，不使自露，而人望见其渊然之光，苍然之色，亦自畏避，不敢迫视。执事之文，纡馀委备，往复百折，而条达疏畅，无所间断，气尽语极，急言竭论，而容与闲易，无艰难劳苦之态。此三者，皆断然自为一家之文也。惟李翱之文，其味黯然而长，其光油然而幽，俯仰揖让，有执事之态；陆贽之文，遣言措意，切近的当，有执事之实。而执事之才又自有过人者。盖执事之文，非孟子、韩子之文，而欧阳子之文也。”苏洵认为孟子之文、韩子（愈）之文都各有长处，而欧阳子之文“非孟子、韩子之文”，它的可贵处就在于独树一帜，具有鲜明的个性特征。

苏洵主张作文章要有自己独到的见解然后才能理畅辞达。他说：“言无有善恶也，苟有得乎吾心而言也，则其词不索而获。”他认为孔子的著作都是经过自己深刻的思考之后写成的，因而能流传千古。而对扬雄的文章，他却加以指责，认为他是“不得乎其心而为言，不得乎其言而为书”。他的《太玄》一书，只是因袭了孔子的观点，而自己却没什么新鲜独到的见解。

苏洵主张文贵自然。不到不得不说时不说，蓄积日久，才一吐为快。他在谈到自己的写作经验时说：读书“既久，胸中之言日益多，不能自制。试而书之，已而再三读之，浑浑乎觉其来之易也。”欧阳修也在苏洵的墓志铭中记载了他当年写文章时的情况，他说苏洵“闭户读书，绝笔不为文辞者五六年，乃大究六经百家之说，以考质古今治乱成败，圣贤穷达出处之际，得其精粹，涵畜充溢，抑而不发者久之。慨然曰：‘可矣！’由是下笔顷刻数千言，其纵横上下，出入驰骤，必造于深微而后止。”苏洵强调文贵自然，就是说文章不能硬写，必有得于心，然后自然流淌出来，这样才能写出好文章。

苏洵还就不同文体的要求和写法等问题提出过自己的看法。

苏洵的文章观点新颖，议论深刻，切中时弊，篇篇都是“有用之言”，而在艺术上，他的散文也具有鲜明的特点。

曾巩说苏洵的文章“雄壮俊伟，若决江河而下”。张方平也说他这位老朋友的文章“如大云之出于山，忽布四方，倏散无余，如大川之滔滔，东注于海源”。这两段话都说明，苏洵的文章具有气势磅礴，一泻千里的雄奇文风。例如他的《项籍论》、《六经论》等都具有“行文雄放，有俯仰一世之慨”的气度，真可谓“风驰雨骤，极挥斥之致。”

苏洵的文章还以结构严谨，曲折多变见长，例如他的《送石昌言使北引》，全文仅有四百来字，但在结构上谨严有序而又变化多端。文章的开头部分回忆了儿时与石昌言的交往，两个人的关系很好，石昌言给他枣栗吃，经常往来，“甚狎”。及至苏洵读书未成而废，石昌言听说后大为不满，对他又“甚恨”。到后来，苏洵重新发愤向学，昌言又“甚喜”。以“甚狎”、“甚恨”、“甚喜”六字串连文章，结构严整而又曲折，脉络清晰，一波三折。

苏洵散文的语言准确生动，含蓄朴实。他想表达“人性都是避劳苦而乐安逸”这层意思就用“若水之走下”来形容，极为贴切生动。他在《六国论》中提到六国败秦的做法不可取时，用“抱薪救火，薪不尽，火不灭”这样的语言来比喻，可谓生动准确之极。他写自己在京城久久没有得拔擢，忽然听说恩公张方平将返京，便迫切赶到郑州城外迎接。他写道：“雪后苦风，晨至郑州，唇黑面烈，僮仆无人色。”寥寥数语，便将自己沦落无助的凄惨境况表现得淋漓尽致。苏洵的散文语言大多平白晓畅，但读后却往往令人回味无穷。苏洵在《辨奸论》中有一段影射王安石的话是这样写的：“今有人口诵孔、老之书，身履夷、齐之行，收召好名之士、不得志之人，相与造作言语，私立名字，以为颜渊、孟轲复出，而阴贼险狠，与人异趣……夫面垢不忘洗，衣垢不忘浣，此人之至情也。今也不然，衣臣虏之衣，食犬彘之食，囚首丧面而谈《诗》、《书》，此岂其情也哉！”这一段话明白通畅，但字字入骨，几乎是在不动声色之间将王安石骂得一钱不值。

曾巩说，苏洵之文“少或百字，多或千言，其指事析理，引物托喻，侈能尽之约，远能见之近，大能使之微，小能使之著，烦能不乱，肆能不流。其雄壮俊伟，若决江河而下也；其辉光明白，若引星辰而上也。”（《苏明允哀词·引》）这段话，可以说是对苏洵散文进行了全面而又中肯的评价。

苏洵的诗作并不很多，现存的总计五十首，以古体诗，特别是五言古诗为多，近体诗以七律为多。苏洵各种诗体都写过，而且都写得很有特点。

宋英宗治平二年(1065)九月，苏洵与姚辟合修的《礼书》写完了，共一百卷。而这时，苏洵却病倒了，而且病得很重。欧阳修得知后，对苏洵相当关切，多次给他写信，并提出了许多具体的治疗意见，但苏洵的病情每况愈下，最后他自知将不久于人世，开始交代后事。他对苏轼兄弟说，他死后，兄弟二人一定要完成他未完成的《易传》。苏轼的妻子王弗已于前一年在京师去世，苏洵对苏轼说：“妇从汝于艰难，不可忘也，他日汝必葬诸其姑之旁。”苏洵还交代苏轼兄弟要照顾他的哥哥苏澹的子孙，他的姐姐死后尚未安葬，让苏轼兄弟妥为安葬等等。宋英宗治平三年四月二十五日，饱经磨难的苏洵溘然长逝，终年五十八岁。

苏洵之死，惊动朝野，自天子、辅臣至闾巷之士，皆闻而哀之。

英宗闻而哀之，赐其家缣、银二百。苏轼辞去所赐，要求皇帝赠官职。也可能是苏轼有感于父亲一生不得志才这样要求的。于是皇帝特赠苏洵为光禄寺丞，命令有司备舟船载苏洵灵柩返回故乡四川。

朝野之士，闻听苏洵的死讯，写悼念文章的有一百三十多人。欧阳修为苏洵写了墓志铭，对他的一生给予了很高的评价。欧阳修还写诗哀悼苏洵：

“布衣驰誉入京都，丹旐俄惊返旧闾。
诸老谁能先贾谊，君王犹未识相如。
三年弟子行丧礼，千两乡人会葬车。
我独空斋挂尘榻，遗编时阅子云书。”

诗的首联写苏洵以布衣身份进京而名震京师，未料他过早死去，灵柩返回故里。颔联借用贾谊和司马相如怀才不遇的典故比喻苏洵一直没有得到朝廷，特别是富弼、韩琦等人的重用，颈联是想象苏轼兄弟为他行丧礼及乡里人会葬的情景，尾联以陈蕃、徐犀、杨子云的典故为喻，非常伤感地表达了苏洵死后知音难再觅的心境，也只有时时翻阅他的遗著来表达对他的哀思了。

丞相韩琦与苏洵私交甚好，但“知其才而不能用”。及至苏洵死，“韩亦颇自咎恨。”他写诗哭之曰：“名儒升用晚，厚愧不先予。”

当时为苏洵写挽词的比较知名的人士还有曾巩、张方平、苏颂、姚辟等等。

苏洵死后，欧阳修为他写了墓志铭，但其妻程氏的墓志铭还没有写。司马光和许多士大夫前来苏家吊唁，苏轼哭着请求司马光为他的母亲也写了一篇墓志铭。京城的吊唁活动结束后，苏轼兄弟带着父亲苏洵及苏轼之妻王弗的灵柩返回四川。宋英宗治平四年(1067)八月，苏洵被葬于眉州彭山安镇乡可龙里老翁井侧。

《老苏先生会葬致语并口号》对苏洵给予了很高的评价，其中有一段这样写道：

编礼寺丞，一时之杰，百世所宗。道兼文武之隆，学际天人之表。渔钓渭上，韫《六韬》而自称；龙蟠汉南，非三顾而不起。宋兴百载，文弊多方，简编具在，气象不振。虽作者之继出，尚古文之未还。迨公勃兴，一变至道。上自朝廷缙绅之士，下及岩穴处逸之流，皆愿见其表仪，固将以为师友。而道将坠丧，天不假年。书虽成于百篇，爵不过于九品。谓公为寿，不登六十；谓公为夭，百世不亡。今者丧还里闾，宵会亲友，顾念悲之不足，假讽咏以纾情。敢露微才，上陈口号：

万里当年蜀客来，危言高论冠伦魁。

有司不入刘蕡第，诸老徒推贾谊才。

一惠独刊姬《谥法》，六经先集汉家台。

如公事业兼忠愤，泪作岷江未寄哀。

文中“道兼文武之隆，学际天人之表”，“一时之杰，百世所宗”等语，都对苏洵给予了很高的评价，而“有司不入刘蕡第，诸老徒推贾谊才”等语又对苏洵怀才不遇，难得重用表现了极大的义愤和同情。

苏洵在哲学和政治见解方面敢于反传统，敢于标新立异。孔孟学说认为“君子喻于义，小人喻于利”，而苏洵却认为“利之所在，天下趋之”，“利在则义在，利亡则义亡。”晚年，苏洵作《易传》，从诸儒的层层附会之说中还《易》以真实的面目，并从深入的研究当中发掘出了《易》的精义，“观其词”，《易》中的许多难题便“迎刃而解了”。总之，在思想上他不肯人云亦云，“务一出已见，不肯蹑故迹”。

苏洵还是一位杰出的政论家，他深刻地揭露了北宋腐败黑暗的官僚体制，对当时的经济、军事等诸多方面的弊端都给予了深刻的揭露和批判。

苏洵在中国文学史上是一位著名的人物，他与他的两个儿子苏轼、苏辙并称“三苏”。朱德曾经写过这样的话：“一门三父子，都是大文豪。诗赋传千古，峨嵋共比高。”从宋朝一直到明清两代，苏洵的文章一直是人们学习的范本。明中叶著名散文家唐顺之纂的《文编》，茅坤编的《唐宋八大家文钞》以及清人储欣所编的《唐宋十大家全集录》均收录了苏洵的文章。清代人邵仁泓在《苏老泉先生全集序》中说：“老泉先生（苏洵）中年奋发，无所师承，而能以其文抗衡韩、欧，以传之二子，斯足异也。间尝取先生之文而读之，大约以雄迈之气，坚老之笔，而发为汪洋恣肆之文，上之究极天人，次之修明经术，而其于国家盛衰之故，尤往往淋漓感慨于翰墨间。先生之文，盖能驰骋于孟（子）、刘（歆）、贾（谊）、董（仲舒）之间，而自成一家者也……上继韩欧，下开长公苏轼兄弟。”这段话可以说是对苏洵文章的最好概括。苏洵在无所师承的情况下，“究极天人”，“修明经术”，深入研究了国家兴衰的大道理，并创立了雄迈坚老、汪洋恣肆的文风，最终能够自立于名家之林，成为中国文学史上一位不可或缺的重要人物。

上皇帝书

嘉祐三年十二月一日，眉州布衣[①]臣苏洵谨顿首再拜，冒万死上书皇帝阙下[②]。臣前月五日，蒙本州录到中书札子，连牒臣[③]，以两制议上翰林学士欧阳修奏臣所著《权书》、《衡论》、《几策》二十篇，乞赐甄录[④]。陛下过听，召臣试策论舍人院[⑤]，仍令本州发遣臣赴阙。臣本田野匹夫，名姓不登于州闾。今一旦卒然被召，实不知其所以自通于朝廷。承命悸恐，不知所为。以陛下躬至圣之资，又有群公卿之贤，与天下士大夫之众，如臣等辈，固宜不少，有臣无臣，不加损益。臣不幸有负薪之疾，不能奔走道路，以副[⑥]陛下搜扬之心，忧惶负罪，无所容处。臣本凡才，无路自进。当少年时，亦尝欲侥幸于陛下之科举，有司以为不肖，辄以摈落。盖退而处者，十有余年矣。今虽欲勉强扶病戮力，亦自知其疏拙，终不能合有司之意。恐重得罪，以辱明诏。且陛下所为千里而召臣者，其意以臣为能有所发明，以庶几有补于圣政之万一。而臣之所以自结发读书，至于今兹，犬马之齿几已五十，而犹未敢废者，其意亦欲效尺寸于当时，以快平生之志耳。今虽未能奔伏阙下，以累有司，而犹不忍默默卒无一言而已也。天下之事，其深远切至者，臣自惟疏贱，未敢遽言；而其近而易行，浅而易见者，谨条为十通，以塞明诏。

其一曰：臣闻利之所在，天下趋之。是故千金之子欲有所为，则百家之市无宁居者。古之圣人，执其大利之权，以奔走天下，意有所向，则天下争先为之。今陛下有奔走天下之权而不能用，何则？古者赏一人而天下劝[⑦]，今陛下增秩拜官，动以千计，其人皆以为己所自致，而不知戮力以报上之恩。至于临事，谁当效用？此由陛下轻用其爵禄，使天下之士积日持久而得之。譬如佣力之人，计工而受直[⑧]，虽与之千万，岂知德其主哉？是以虽有能者，亦无所施，以为谨守绳墨，足以自致高位。官吏繁多，溢于局外，使陛下皇皇汲汲求以处之，而不暇择其贤不肖，以病陛下之民，而耗竭大司农之钱谷。此议者所欲去而未得也。臣窃思之，盖今制天下之吏，自州县令录幕职而改京官者，皆未得其术，是以若此纷纷也。今虽多其举官而远其考，重其举官之罪，此适足以隔贤者而容不肖。且天下无事，虽庸人皆足以无过，一旦改官，无所不为。彼其举者曰："此廉吏，此能吏。"朝廷不知其所以为廉与能也，幸而未有败事，则长为廉与能矣。虽重其罪，未见有益。上下相蒙，请托公行。莅官六七考，求举主五六人，此谁不能者？臣愚以为，举人者当使明著其迹曰：某人廉吏也，尝有某事以知其廉；某人能吏也，尝有某事以知其能。虽不必有非常之功，而皆有可纪之状，其特曰廉能而已者不听。如此，则夫庸人虽无罪而不足称者不得入其间，老于州县，不足甚惜。而天下之吏必皆务为可称之功，与民兴利除害，惟恐不出诸己。此古之圣人所以驱天下之人，而使争为善也。有功而赏，有罪而罚，其实一也。今降官罢任者，必奏曰某人有某罪，其罪当然，然后朝廷举而行之。今若不著其所犯之由，而特曰此不才贪吏也，则朝廷安肯以空言而加之罪？今又何独至于改官而听其空言哉？是不思之甚也。或以为如此，则天下之吏，务为可称，用意过当，生事以为己功，渐不可长。臣以为不然。盖圣人必观天下之势而为之法。方天下初定，民厌劳役，则圣人务为因循[9]之政与之休息；及其久安而无变，则必有不振之祸。是以圣人破其苟且之心，而作其怠惰之气。汉之元、成，惟不知此，以至于乱。今天下少惰矣，宜有以激发其心，使踊跃于功名，以变其俗。况乎冗官纷纭如此，不知所以节之，而又何疑于此乎？且陛下与天下之士相期于功名，而毋苟得，此待之至深也。若其宏才大略，不乐于小官而无闻焉者，使两制得以非常举之，此天下亦不过几人而已。吏之有过而不得迁者，亦使得以功赎，如此，亦以示陛下之有所推恩，而不惟艰之也。

其二曰：臣闻古者之制爵禄，必皆孝悌忠信，修洁博习，闻于乡党，而达于朝廷以得之。及其后世不然，曲艺小数，皆可以进。然其得之也，犹有以取之，其弊不若今之甚也。今之用人最无谓者，其所谓任子[10]乎。因其父兄之资以得大官，而又任其子弟，子将复任其孙，孙又任其子，是不学而得者尝无穷也。夫得之也易，则其失之也不甚惜。以不学之人，而居不甚惜之官，其视民如草芥也固宜。朝廷自近年始有意于裁节，然皆知损之而未得其所损，此所谓制其末而不穷其源，见其粗而未识其精，侥幸之风少衰而犹在也。夫圣人之举事，不惟曰利而已，必将有以大服天下之心。今欲有所去也，必使天下知其所以去之之说，故虽尽去而无疑。何者？恃其说明也。夫所谓任子者，亦犹曰信其父兄而用其子弟云尔。彼其父兄固学而得之也，学者任人，不学者任于人，此易晓也。今之制，苟幸而其官至于可任者，举使任之，不问其始之何从而得之也。且彼任于人不暇，又安能任人？此犹借资之人，而欲从之丐贷，不已难乎？臣愚以为父兄之所任而得官者，虽至正郎，宜皆不听任子弟。惟其能自修饰，而越录躐次[11]，以至于清显者乃听。如此，则天下之冗官必大衰少，而公卿之后皆奋志为学，不待父兄之资。其任而得官者，知后不得复任其子弟，亦当勉强，不肯终老自弃于庸人，此其为益岂特一二而已。

其三曰：臣闻自设官以来皆有考绩之法。周室既亡，其法废绝。自京房建考课[12]之议，其后终不能行。夫有官必有课，有课必有赏罚。有官而无课，是无官也；有课而无赏罚，是无课也。无官无课，而欲求天下之大治，臣不识也。然更历千载而终莫之行，行之则益以纷乱，而终不可考，其故何也？天下之吏不可以胜考，今欲人人而课之，必使入于九等之中，此宜其颠倒错谬而不若无之为便也。臣观自昔行考课者，皆不得其术。盖天下之官皆有所属之长，有功有罪，其长皆得以举刺[13]。如必人人而课之于朝廷，则其长为将安用？惟其大吏无所属，而莫为之长也，则课之所宜加。何者？其位尊，故课一人而其下皆可以整齐；其数少，故可以尽其能否而不谬。今天下所以不大治者，守令丞尉贤不肖混淆，而莫之辨也。夫守令丞尉贤不肖之不辨，其咎在职司之不明。职司[14]之不明，其咎在无所属而莫为之长。陛下以无所属之官，而寄之以一路，其贤不肖当使谁察之？古之考绩者，皆从司会而至于天子。古之司会，即今之尚书，尚书既废，惟御史可以总察中外之官。臣愚以为可使朝臣议定职司考课之法，而于御史台别立考课之司。中丞举其大纲，而属官之中，选强明者一人，以专治其事。以举刺多者为上，以举刺少者为中，以无所举刺者为下。因其罢归而奏其治要，使朝廷有以为之赏罚。其非常之功，不可掩之罪，又当特有以偿之，使职司知有所惩劝，则其下守令丞尉不容复有所依违。而其所课者又不过数十人，足以求得其实。此所谓用力少而成功多，法无便于此者矣。今天下号为太平，其实远方之民穷困已甚，其咎皆在职司。臣不敢尽言，陛下试加采访，乃知臣言之不妄。

其四曰：臣闻古有诸侯，臣妾其境内，而卿大夫之家亦各有臣。陪臣之事其君，如其君之事天子。此无他，其一境之内，所以生杀予夺，富贵贫贱者，皆自我制之，此固有以臣妾之也。其后诸侯虽废，而自汉至唐，犹有相君之势，何者？其署置辟举之权，犹足以臣之也。是故太守、刺史坐于堂上，州县之吏拜于堂下，虽奔走顿伏，其谁曰不然？自太祖受命，收天下之尊，归之京师。一命以上皆上所自署，而大司农衣食之。自宰相至于州县吏，虽贵贱相去甚远，而其实皆所与比肩而事主耳。是以百余年间，天下不知有权臣之威，而太守、刺史犹用汉唐之制，使州县之吏事之如事君之礼。皆受天子之爵，皆食天子之禄，不知其何以臣之也。小吏之于大官，不忧其有所不从，惟恐其从之过耳。今天下以贵相高，以贱相谄，奈何使州县之吏，趋走于太守之庭，不啻若仆妾，唯唯不给[15]。故大吏常恣行不忌其下，而小吏不能正，以至于曲随谄事，助以为虐。其能中立而不挠者，固已难矣。此不足怪，其势固使然也。夫州县之吏，位卑而禄薄，去于民最近，而易以为奸。朝廷所恃以制之者，特以厉其廉隅，全其节概，而养其气，使知有所耻也。且必有异材焉，后将以为公卿，而安可薄哉？其尤不可者，今以县令从州县之礼。夫县令官虽卑，其所负一县之责，与京朝官知县等耳。其吏胥人民，习知其官长之拜伏于太守之庭，如是之不威也，故轻之；轻之，故易为奸。此县令之所以为难也。臣愚以为州县之吏事太守，可恭逊卑抑，不敢抗而已，不至于通名赞拜、趋走其下风。所以全士大夫之节，且以儆大吏之不法者。

其五曰：臣闻为天下者，必有所不可窥[16]。是以天下有急，不求其素所不用之人。使天下不能幸[17]其仓卒，而取其禄位，惟圣人为能然。何则？其素所用者，缓急足以使也。临事而取者，亦不足用矣。传曰："宽则宠名誉之人，急则用介胄之士。"[18]今者所用非所养，所养非所用。国家用兵之时，购方略，设武举，使天下屠沽健儿皆能徒手攫取陛下之官。而兵休之日，虽有超世之才，而惜斗升之禄。臣恐天下有以窥朝廷也。今之任为将帅，卒有急难而可使者，谁也？陛下之老将，曩之所谓战胜而善守者，今亡矣。臣愚以为可复武举，而为之新制，以革其旧弊。且昔之所谓武举者盖疏矣，其以弓马得者，不过挽强引重，市井之粗材；而以策试中者，亦皆记录章句，区区无用之学。又其取人太多，天下之知兵者不宜如此之众。而待之又甚轻，其第下者不免于隶役。故其所得皆贪污无行之徒，豪杰之士耻不忍就。宜因贡士之岁，使两制各得举其所闻，有司试其可者，而陛下亲策之。权略之外，便于弓马，可以出入险阻，勇而有谋者，不过取一二人，待以不次之位，试以守边之任。文有制科，武有武举，陛下欲得将相，于此乎取之，十人之中，岂无一二？斯亦足以济矣。

其六曰：臣闻法不足以制天下。以法而制天下，法之所不及，天下斯欺之矣。且法必有所不及也，先王知其有所不及，是故存其大略，而济之以至诚。使天下之所以不吾欺者，未必皆吾法之所能禁，亦其中有所不忍而已。人君御其大臣，不可以用法，如其左右大臣而必待法而后能御也，则其疏远小吏当复何以哉？以天下之大而无可信之人，则国不足以为国矣。臣观今两制以上，非无贤俊之士，然皆奉法供职无过而已，莫肯于绳墨[19]之外为陛下深思远虑，有所建明。何者？陛下待之于绳墨之内也。臣请得举其一二以言之。夫两府与两制，宜使日夜交于门，以讲论当世之务，且以习知其为人，临事授任，以不失其才。今法不可以相往来，竟将以杜其告谒之私也。君臣之道不同，人臣惟自防，人君惟无防之。是以欢欣相接而无间。以两府、两制为可信邪，当无所请属；以为不可信邪，彼何患无所致其私意，安在其相往来邪？今两制知举，不免用封弥誊录，既奏而下御史，亲往莅之，凛凛如鞠大狱，使不知谁人之辞，又何其甚也？臣愚以为如此之类，一切撤去，彼稍有知，宜不忍负。若其犹有所欺也，则亦天下之不才无耻者矣。陛下赫然震威，诛一二人，可以使天下奸吏重足而立[20]，想闻朝廷之风，亦必有倜傥非常之才，为陛下用也。

其七曰：臣闻为天下者可以名器授人，而不可以名器许人。人之不可以一日而知也久矣。国家以科举取人，四方之来者如市，一旦使有司第之[21]，此固非真知其才之高下大小也，特以为姑收之而已。将试之为政，而观其悠久，则必有大异不然者。今进士三人之中，释褐[22]之日，天下望为卿相，不及十年，未有不为两制者。且彼以其一日之长，而擅终身之富贵，举而归之，如有所负。如此，则虽天下之美才，亦或怠而不修；其率意恣行者，人亦望风畏之，不敢按[23]。此何为者也？且又有甚不便者。先王制其天下，尊尊相高，贵贵相承，使天下仰视朝廷之尊，如太山乔狱[24]，非攀援所能及。苟非有大功与出群之才，则不可以轻得其高位。是故天下知有所忌，而不敢觊觎。今五尺童子，斐然[25]皆有意于公卿，得之则不知愧，不得则怨。何则？彼习知其一旦之可以侥幸而无难也。如此，则匹夫轻朝廷。臣愚以为三人之中，苟优与一官，足以报其一日之长。馆阁台省，非举不入。彼果不才者也，其安以入为？彼果才者也，其何患无所举？此非独以爱惜名器，将以重朝廷耳。

其八曰：臣闻古者敌国相观，不观于其山川之险、士马之众，相观于人而已。高山大江，必有猛兽怪物，时见其威，故人不敢亵。夫不必战胜而后服也，使之常有所忌，而不敢发；使吾常有所恃，而无所怯耳。今以中国之大，使夷狄视之不甚畏，敢有烦言以渎乱吾听。此其心不有所窥，其安能如此之无畏也？敌国有事，相待以将；无事，相观以使。今之所谓使者亦轻矣，曰此人也，为此官也，则以为此使也。今岁以某，来岁当以某，又来岁当以某，如县令署役，必均而已矣。人之才固有所短，而不可强；其专对、捷给、勇敢，又非可以学致也。今必使强之，彼有仓惶失次，为夷狄笑而已。古者，大夫出疆，有可以安国家、利社稷则专之。今法令太密，使小吏执简记其旁，一摇足，辄随而书之。虽有奇才辩士，亦安所效用？彼夷狄观之，以为樽俎谈燕之间[26]，尚不能办，军旅之际，固宜其无人也。如此，将何以破其奸谋，而折其骄气哉？臣愚以为奉使宜有常人，惟其可者，而不必均。彼其不能者，陛下责之以文学政事，不必强之于言语之间，以败吾事。而亦稍宽其法，使得有所施。且今世之患，以奉使为艰危，故必均而后可。陛下平世使人，而皆得以辞免；后有缓急，使之出入死地，将皆逃邪？此臣又非独为出使而言也。

其九曰：臣闻刑之有赦，其来远矣。周制八议，有可赦之人而无可赦之时。自三代之衰，始闻有肆赦之令，然皆因天下有非常之事，凶荒流离之后，盗贼垢污之余，于是有以沛然洗濯于天下。而犹不若今之因郊而赦[27]，使天下之凶民，可以逆知而侥幸也。平时小民畏法，不敢趑趄，当郊之岁，盗贼公行，罪人满狱，为天下者将何利于此？而又糜散帑廪，以赏无用冗杂之兵，一经大礼，费以万亿。赋敛之不轻，民之不聊生，皆此之故也。以陛下节用爱民，非不欲去此矣。顾以为所从来久远，恐一旦去之，天下必以为少恩，而凶豪无赖之兵，或因以为词而生乱。此其所以重改[28]也。盖事有不可改而遂不改者，其忧必深；改之，则其祸必速。惟其不失推恩，而有以救天下之弊者，臣愚以为先郊之岁，可因事为词，特发大号，如郊之赦与军士之赐，且告之曰："吾于天下非有惜乎推恩也，惟是凶残之民，知吾当赦，辄以犯法，以贼害吾良民。今而后赦不于郊之岁，以为常制。"天下之人喜乎非郊之岁而得郊之赏也，何暇虑其后？其后四五年而行之，七八年而行之，又从而尽去之，天下晏然不知，而日以远矣。且此出于五代之后、兵荒之间，所以姑息天下而安反侧耳，后之人相承而不能去，以至于今。法令明具，四方无虞，何畏而不改？今不为之计，使奸人猾吏养为盗贼，而复取租赋以啖骄兵，乘之以饥馑，鲜不及乱矣。当此之时，欲为之计，其犹有及乎？

其十曰：臣闻古者所以采庶人之议，为其疏贱而无嫌也。不知爵禄之可爱，故其言公；不知君威之可畏，故其言直。今臣幸而未立于陛下之朝，无所爱惜顾念于其心者。是以天下之事，陛下之诸臣所不敢尽言者，臣请得以僭言之。陛下擢用俊贤，思致太平，今几年矣。事垂立而辄废，功未成而旋去，陛下知其所由乎？陛下知其所由，则今之在位者，皆足以有立；若犹未也，虽得贤臣千万，天下终不可为。何者？小人之根未去也。陛下遇士大夫有礼，凡在位者不敢用亵狎戏嫚，以求亲媚于陛下。而谗言邪谋之所由至于朝廷者，天下之人皆以为陛下不疏远宦官之过。陛下特以为耳目玩弄之臣，而不知其阴贼险诈，为害最大。天下之小人，无由至于陛下之前，故皆通于宦官，珠玉锦绣所以为赂者络绎于道，以间关龃龉[29]贤人之谋。陛下纵不听用，而大臣常有所顾忌，以不得尽其心。臣故曰：小人之根未去也。窃闻之道路，陛下将有意去而疏之也。若如所言，则天下之福。然臣方以为忧，而未敢贺也。古之小人有为君子之所抑，而反激为天下之祸者，臣每痛伤之。盖东汉之衰，宦官用事，阳球为司隶校尉，发愤诛王甫等数人，磔其尸于道中。常侍曹节过而见之，遂奏诛阳球，而宦官之用事，过于王甫之未诛。其后窦武、何进又欲去之，而反以遇害。故汉之衰至于扫地而不可救。夫君子之去小人，惟能尽去，乃无后患。惟陛下思宗庙社稷之重，与天下之可畏，既去之，又去之，既疏之，又疏之。刀锯之余必无忠良，纵有区区之小节，不过闱闼扫洒之勤，无益于事。惟能务绝其根，使朝廷清明，而忠言嘉谟易以入，则天下无事矣。惟陛下无使为臣之所料，而后世以臣为知言，不胜大愿。

曩臣所著二十篇，略言当世之要。陛下虽以此召臣，然臣观朝廷之意，特以其文采词致稍有可嘉，而未必其言之可用也。天下无事，臣每每狂言，以迂阔为世笑。然臣以为必将有时而不迂阔也。贾谊之策不用于孝文之时，而使主父偃之徒得其余论，而施之于孝武之世。夫施之于孝武之世，固不如用之于孝文之时之易也。臣虽不及古人，惟陛下不以一布衣之言而忽之。不胜越次忧国之心，效其所见。且非陛下召臣，臣言无以至于朝廷。今老矣，恐后无由复言，故云云之多至于此也，惟陛下宽之。臣洵诚惶诚惧，顿首顿首，谨书。

苏洵年轻时也奔走过科场，但一直没有及第。回到家里，发愤著书，终于引起了欧阳修等人的重视，极力向皇上推荐。皇帝下诏，命苏洵赴舍人院应试。苏洵在接到皇上的诏令后写了这封上书。他将自己的政治革新主张归结为“重爵禄”、“罢任子”、“严考课”、“尊小吏”、“复武举”、“信大臣”、“重名器”、“专使节”、“停郊赦”、“远小人”十个方面，劝谏皇帝大力改革，振兴国势。

【注释】

①布衣：平民百姓。

②阙下：皇宫之下。

③连牒：意思是“接连送来的文书”。

④甄录：选拔录用。

⑤舍人院：中书舍人办公的地方。舍人，官名。

⑥副：符合。

⑦劝：得到鼓励。

⑧直：同“值”，价值。

⑨因循：沿袭原来的做法。

⑩任子：父兄有功名，其子弟可以因袭做官。

⑪越录躐次：意为超越次第，得到任用。

⑫考课：考核。课，考核功绩，以定升黜。

⑬举刺：提举或斥责。

⑭职司：指主管某事的官员。

⑮唯唯不给：唯唯诺诺，犹恐不及的意思。

⑯必有所不可窥：一定有一些让他们不敢产生非分之想的东西。窥，窥测，对某事存有非分之想。

⑰幸：侥幸。

⑱“宽则宠名誉之人，急则用介胄之士”：大意是说“朝廷在和平年代就宠爱有礼义声望的人，而一旦形势急迫，则任用武士。”介胄之士，武士。

⑲绳墨：木工用来划线的工具。这里指法律，法度。

⑳重足而立：叠足而立，是指特别恐惧而不敢稍稍移动一下。

㉑第之：录取了他。使之考中。

㉒释褐：脱下粗布衣服。引申为科考中第，进入官场。

㉓按：考察处置。

㉔乔狱：高大的山岳。乔，高大。狱，即“岳”。

㉕斐然：有文采的样子。

㉖樽俎谈燕间：酒席宴饮之间的意思。燕，通“宴”。

㉗因郊而赦：宋代，有郊祀的时候，就大赦天下。

㉘重改：将改变旧制的做法看得很重。

㉙间关龃龉：离间抵触之意。

议修礼书状

右，洵先奉敕编礼书，后闻臣寮上言，以为祖宗所行不能无过差；不经之事[①]，欲尽芟去，无使存录。洵窃见议者之说，与敕意大异。何者？前所授敕，其意曰纂集故事，而使后世无忘之耳，非曰制为典礼，而使后世遵而行之也。然则洵等所编者，是史书之类也。遇事而记之，不择善恶，详其曲折，而使后世得知而善恶自著者，是史之体也。若夫存其善者，而去其不善，则是制作之事，而非职之所及也。而议者以责洵等，不已过乎？且又有所不可者。今朝廷之礼虽为详备，然大抵往往亦有不安之处，非特一二事而已。而欲有所去焉，不识其所去者果何事也？既欲去之，则其势不得不尽去，尽去则礼缺而不备。苟独去其一，而不去其二，则适足以为抵捂龃龉而不可齐一。且议者之意，不过欲以掩恶讳过，以全臣子之义，如是而已矣。昔孔子作《春秋》，惟其恻怛[②]而不忍言者而后有隐讳。盖桓公薨，子般卒，没而不书，其实以为是不可书也。至于成宋乱[③]，及齐狩[④]，跻僖公[⑤]，作丘甲[⑥]，用田赋[⑦]，丹桓宫楹，刻桓宫桷[⑧]，若此之类，皆书而不讳，其意以为虽不善而尚可书也。今先世之所行，虽小有不善者，犹与《春秋》之所书者甚远，而悉使洵等隐讳而不书，如此，将使后世不知其浅深，徒见当时之臣子至于隐讳而不言，以为有所大不可言者，则无乃欲益而反损欤？《公羊》之说灭纪灭项[⑨]，皆所以为贤者讳，然其所谓讳者，非不书也，书而迂曲其文耳。然则其实犹不没也。其实犹不没者，非以彰其过也，以见其过之止于此也。今无故乃取先世之事而没之，后世将不知而大疑之，此大不便者也。班固作《汉志》，凡汉之事，悉载而无所择。今欲如之，则先世之小有过差者，不足以害其大明，而可以使后世无疑之之意，且使洵等为得其所职，而不至于侵官者。谨具状申提举参政侍郎，欲乞备录闻奏。

这份状子大约写于嘉祐六年，苏洵时年五十三岁。

当时，苏洵以文安县主簿的身份与陈州项城县令姚辟奉旨同修礼书。有人提出修礼书，祖宗的一些“过差不经之事”都应删去。苏洵为此上这份状子，强调修礼书要据实记录，还历史以真面貌。

【注释】

①过差不经之事：有过错和不合常规的事情。经，常规。

②恻怛：忧伤。

③成宋乱：平定宋国的动乱。成，平定，平服。《春秋》桓二年：“公(指桓公)会齐侯、陈侯、郑伯于稷，以成宋乱”。

④及齐狩：指桓公到齐国边境狩猎。

⑤跻僖公：使僖公登上王位。

⑥作丘甲：制定兵赋制度。丘甲，鲁成公时制定推行的一种兵赋制度，使人民的赋税增加了四倍。

⑦用田赋：实行按田地征收赋税的方法。《春秋》哀十二年：“十有二年春，用田赋。”鲁宣公十五年实行的初税亩，为我国历史上记载的田赋之始。

⑧丹桓宫楹，刻桓宫桷：把桓宫前的柱子涂成红色，在桓宫的方形椽子上雕刻图案。丹，这里用如动词，使——涂成红色。楹，厅堂前的柱子。桓宫，鲁庄公的宫殿名。桷，方形的椽子。

⑨灭纪灭项：消灭了纪国和项国。纪，姜姓小国，《春秋》时为齐所灭。项，古国名，为鲁所灭。春秋僖十七年：“夏，灭项”。

上韩枢密书

太尉执事:洵著书无他长,及言兵事,论古今形势,至自比贾谊。所献《权书》,虽古人已往成败之迹,苟深晓其义,施之于今,无所不可。昨因请见,求进末议[①],太尉[②]许诺,谨撰其说。言语朴直,非有惊世绝俗之谈,甚高难行之论,太尉取其大纲,而无责其纤悉。盖古者非用兵决胜之为难,而养兵不用之可畏。今夫水激之山,放之海,决之为沟塍,壅之为沼沚,是天下之人能之。委江河,注淮泗,汇为洪波,潴[③]为大湖,万世而不溢者,自禹之后未之见也。夫兵者,聚天下不义之徒,授之以不仁之器,而教之以杀人之事。夫惟天下之未安,盗贼之未殄,然后有以施其不义之心,用其不仁之器,而试其杀人之事。当是之时,勇者无余力,智者无余谋,巧者无余技。故其不义之心变而为忠,不仁之器加之于不仁,而杀人之事施之于当杀。及夫天下既平,盗贼既殄,不义之徒聚而不散,勇者有余力则思以为乱,智者有余谋则思以为奸,巧者有余技则思以为诈。于是天下之患杂然出矣。盖虎豹终日而不杀,则跳踉[④]大叫,以发其怒;蝮蝎终日而不螫[⑤],则噬啮草木,以致其毒。其理固然,无足怪者。昔者刘、项奋臂于草莽之间,秦、楚无赖子弟千百为辈,争起而应者,不可胜数。转斗五六年,天下厌兵,项籍死,而高祖亦已老矣。方是时,分王诸将,改定律令,与天下休息。而韩信、黥布之徒,相继而起者七国,高祖死于介胄[⑥]之间而莫能止也。连延及于吕氏之祸,讫孝文而后定。是何起之易而收之难也!刘、项之势,初若决河,顺流而下,诚有可喜。及其崩溃四出,放乎数百里之间,拱手而莫能救也。呜呼!不有圣人,何以善其后?太祖、太宗,躬擐甲胄[⑦]跋履险阻,以斩刈四方之蓬蒿。用兵数十年,谋臣猛将满天下,一旦卷甲而休之,传四世而天下无变,此何术也?荆、楚、九江之地不分于诸将,而韩信、黥布之徒无以启其心也。虽然,天下无变,而兵久不用,则其不义之心蓄而无所发,饱食优游,求逞于良民。观其平居无事,出怨言以邀其上[⑧];一日有急,是非人得千金,不可使也。往年诏天下缮完城池,西川之事,洵实亲见。凡郡县之富民,举而籍其名，得钱数百万，以为酒食馈饷之费。杵[9]声未绝，城辄随坏，如此者数年而后定。卒事，官吏相贺，卒徒相矜，若战胜凯旋而待赏者。比来京师，游阡陌间，其曹往往偶语，无所讳忌。闻之土人，方春时，尤不忍闻。盖时五六月矣，会京师忧大水，锄耰畚筑列于两河之壖，县官日费千万，传呼劳问之声不绝者数十里，犹且目眴眴狼顾[10]，莫肯效用。且夫内之如京师之所闻，外之如西川之所亲见，天下之势今何如也？御将者天子之事也，御兵者将之职也。天子者，养尊而处优，树恩而收名，与天下为喜乐者也，故其道不可以御兵。人臣执法而不求情，尽心而不求名，出死力以捍社稷，使天下之心系于一人，而己不与焉。故御兵者，人臣之事，不可以累天子也。今之所患，大臣好名而惧谤。好名则多树私恩，惧谤则执法不坚。是以天下之兵豪纵至此，而莫之或制也。顷者狄公[11]在枢府，号为宽厚爱人，狎昵士卒，得其欢心。而太尉适承其后。彼狄公者知御外之术，而不知治内之道，此边将材也。古者兵在外，爱将军而忘天子；在内，爱天子而忘将军。爱将军所以战，爱天子所以守。狄公以其御外之心而施诸其内，太尉不反其道，而何以为治？或者以为兵久骄不治，一旦绳以法，恐因以生乱。昔者郭子仪[12]去河南，李光弼[13]实代之。将至之日，张用济斩于辕门，三军股栗。夫以临淮之悍，而代汾阳之长者，三军之士，竦然如赤子之脱慈母之怀，而立乎严师之侧，何乱之敢生？且夫天子者，天下之父母也；将相者，天下之师也。师虽严，赤子不以怨其父母；将相虽厉，天下不以咎其君，其势然也。天子者，可以生人杀人，故天下望其生；及其杀之也，天下曰：是天子杀之。故天子不可以多杀。人臣奉天子之法，虽多杀，天下无以归怨，此先王所以威怀天下之术也。伏惟太尉思天下所以长久之道，而无幸一时之名；尽至公之心，而无恤三军之多言。夫天子推深仁以结其心，太尉厉威武以振其堕。彼其思天子之深仁，则畏而不至于怨；思太尉之威武，则爱而不至于骄。君臣之体顺，而畏爱之道立，非太尉吾谁望邪？不宣。洵再拜。

这封书信写于嘉祐元年，当时苏洵四十八岁。

韩枢密，即韩琦，嘉祐元年八月为枢密使，主管全国军事。

当时军政长期松弛，士卒骄惰。苏洵在这封信中希望韩琦能严整军纪，甚至可以采取诛杀的强硬手段整顿军旅。据载，韩琦看过这封信大骇，辞谢苏洵，不用其言，也不敢再见他。

【注释】

①末议：微末不足道的小议论，自谦之词。

②太尉：汉代军队的最高统领，宋代的枢密使与之职位相同，故在此用以代指韩枢密。

③潴：水停聚。

④跳踉：跳跃不安的样子。

⑤蛰：动物冬眠，藏起来不食不动。

⑥介胄：武士的战衣，这里代指军旅。

⑦躬擐甲胄：亲自穿戴战衣。

⑧邀其上：希望从上司那里得到些什么好处。

⑨杵：夯土筑城的工具。

⑩睊睊狼顾：侧目回顾。睊睊，侧目而视。狼顾，回顾。

⑪狄公：指宋代的狄青。

⑫郭子仪：唐玄宗时著名大将。

⑬李光弼：唐玄宗时著名大将。

上富丞相书

相公阁下：往年天子震怒，出逐宰相，选用旧臣堪付属以天下者[①]，使在相府，与天下更始，而阁下之位实在第三。方是之时，天下咸喜相庆，以为阁下惟不为宰相也，故默默在此；方今困而后起，起而复为宰相，而又值乎此时也，不为而何也？且吾君之意，待之如此其厚也，不为而何以副吾望？故咸曰："后有下令而异于他日者，必吾富公也。"朝夕而待之，跂首而望之。望望然而不获见也，戚戚然而疑。呜呼！其弗获闻也，必其远也；进而及于京师，亦无闻焉。不敢以疑，犹曰：天下之人如此其众也，数十年之间如此其变也，皆曰贤人焉。或曰：彼其中则有说也，而天下之人则未始见也。然而不能无忧。盖古之君子，爱其人也则忧其无成。且尝闻之，古之君子，相是君也，与是人也，皆立于朝，则使吾皆知其为人皆善者也，而后无忧。且一人之身而欲擅天下之事，虽见信于当世，而同列之人一言而疑之，则事不可以成。今夫政出于他人而不惧，事不出于己而不忌，是二者，惟善人为能，然犹欲得其心焉。若夫众人，政出于他人而惧其害己，事不出于己而忌其成功，是以有不平之心生。夫或居于吾前，或立于吾后，而皆有不平之心焉，则身危。故君子之出处于其间也，不使之不平于我也。周公[②]立于明堂以听天下，而召公[③]惑。何者？天下固惑乎大者也，召公犹未能信乎吾之此心也。周公定天下，诛管、蔡[④]，告召公以其志，以安其身，以及于成王。故凡安其身者，以安乎周也。召公之于周公，管、蔡之于周公，是二者亦皆有不平之心焉，以为周之天下，公将遂取之也。周公诛其不平而不可告语者，告其可以告语者，而和其不平之心。然则，非其必不可以告语者，则君子未始不欲和其心。天下之人，从士而至于卿大夫，宰相集处其上，欲有所为，何虑而不成？不能忍其区区之小忿，以成其不平之衅，则害其大事。是以君子忍其小忿以容其小过，而杜其不平之心，然后当大事而听命焉。且吾之小忿，不足以易吾之大事也，故宁小容焉，使无芥蒂[5]于其间。古之君子与贤者并居而同乐，故其责之也详；不幸而与不肖者偶，不图其大而治其细，则阔远于事情而无益于当世。故天下无事而后可与争此，不然则否。昔者诸吕[6]用事，陈平[7]忧惧，计无所出。陆贾[8]入见说之，使交欢周勃[9]。陈平用其策，卒得绛侯入北军之助以灭诸吕。夫绛侯，木强[10]之人也，非陈平致之而谁也？故贤人者致其不贤者，非夫不贤者之能致贤者也。曩者，今上即位之初，寇莱公[11]为相，惟其侧有小人不能诛，又不能与之无忿，故终以斥去。及范文正公[12]在相府，又欲以岁月尽治天下事，失于急与不忍小忿，故群小人亦急逐之，一去遂不复用，以殁其身。伏惟阁下以不世出之才，立于天子之下，百官之上，此其深谋远虑必有所处，而天下之人犹未获见。洵，西蜀之人也，窃有志于今世，愿一见于堂上。伏惟阁下深思之，无忽。

这封信写于嘉祐元年，是写给当时的丞相富弼的。在此之前，欧阳修曾给富弼写信，向他推荐苏洵。欧阳修在写给富弼的信中说："有蜀人苏洵者，文学之士也。自云奔走德望，思一见而无所求。然洵远人，以谓某能取信于公者，求为先容，既不可却，亦不忍欺，辄以冒闻。可否进退，则在公命也。"

凭着欧阳修的引见，苏洵写了这封信，毫不客气地批评了富弼无所作为，并企盼得到接见。苏洵最终谒见了富弼，但富弼对他并无特殊好感，苏洵终无成而归。

【注释】

①堪付属以天下者：完全可以托付给天下的人。

②周公：指姬旦，周文王之子，武王之弟，武王死，成王年幼，周公摄政。

③召公：指姬奭，周武王之臣，与周公一道辅佐成王，曾对周公心存疑虑。

④管、蔡：指管叔、蔡叔。周公摄政，引起了管叔、蔡叔的不满，他们挟持殷的后代武庚作乱。周公东征，平定了这场叛乱。

⑤芥蒂：隔阂。

⑥诸吕：指汉代吕后的一些亲属。

⑦陈平：汉初重臣。

⑧陆贾：汉初楚人，劝丞相陈平深结太尉周勃，合谋诛诸吕，立汉文帝。

⑨周勃:汉沛人,从刘邦起义,以军功为将军,封绛侯。吕后时诸吕掌权,吕产吕禄分掌南北军。吕后死,陈平与周勃共诛诸吕,迎文帝即位。

⑩木强:木然倔强。

⑪寇莱公:指宋代的寇准,官至参知政事。契丹入侵,他促使宋真宗亲征,与契丹订立了澶渊之盟,后为王钦若等所谗罢相,天僖初年复相,封莱国公,又被丁谓等排挤降官,后贬死雷州。

⑫范文正公:指宋代的范仲淹,官至陕西四路安抚使,参知政事。宋仁宗时,与韩琦率兵同拒西夏,颇有建树。有意改革时政,但都未能实现,死后谥文正。

上文丞相书

昭文相公执事：天下之事，制之在始；始不可制，制之在末。是以君子慎始而无后忧；救之于其末，而其始不为无谋。谋诸其始而邀[①]诸其终，而天下无遗事。是故古者之制其始也，有百年之前而为之者也。盖周公营乎东周[②]，数百年而待乎平王之东迁也。然及其收天下之士，而责其贤不肖之分，则未尝于其始焉，而制其极。盖尝举之于诸侯，考之于太学，引之于射宫[③]而试之弓矢，如此其备矣。然而管叔、蔡叔，文王之子，而武王，周公之弟也，生而与之居处，习知其性之所好恶，与夫居之于太学，而习之于射宫者，宜愈详矣。然其不肖之实，卒不见于此时。及其出为诸侯监国，临大事而不克[④]自定，然后败露，以见其不肖之才。且夫张弓而射之，一不失容，此不肖者或能焉，而圣人岂以为此足以尽人之才？盖将为此名以收天下之士，而后观其临事，而黜其不肖。故曰：始不可制，制之在末。于此有人求金于沙，敛而扬之，惟其扬之也精，是以责金于扬，而敛则无择焉。不然，金与沙砾皆不录而已矣。故欲求尽天下之贤俊，莫若略其始；欲求责实于天下之官，莫若精其终。今者天下之官自相府而至于一县之丞尉，其为数实不可胜计。然而大数已定，余吏滥于官籍。大臣建议减任子、削进士，以求便天下。窃观古者之制，略于始而精于终，使贤者易进，而不肖者易犯。夫易犯故易退，易进故贤者众，众贤进而不肖者易退，夫何患官冗？今也艰之于其始，窃恐夫贤者之难进，与夫不肖者之无以异也。方今进退天下士大夫之权，内则御史，外则转运[⑤]，而士大夫之间洁然而无过，可任以为吏者，其实无几。且相公何不以意推之？往年吴中复在犍为，一月而发[⑥]二吏。中复去职，而吏之以罪免者，旷岁无有也。虽然，此特洵之所见耳，天下之大则又可知矣。国家法令甚严，洵从蜀来，见凡吏商者皆不征，非追胥调发[⑦]，皆得役天子之夫，是以知天下之吏犯法者甚众。从其犯而黜之，十年之后将分职之不给。此其权在御史、转运，而御史、转运之权实在相公，顾甚易为也。今四方之士会于京师，口语籍籍，莫不为此。然皆莫肯一言于其上，诚以为近于私我也。洵，西蜀之人，方不见用于当世，幸又不复以科举为意，是以肆言于其间而可以无嫌。伏惟相公慨然有忧天下之心，征伐四国以安天下，毅然立朝以威制天下，名著功遂，文武并济。此其享功业之重而居富贵之极，于其平生之所望无复慊然者。惟其获天下之多士，而与之皆乐乎此。可以复动其志，故遂以此告其左右，惟相公亮之⑧。

文丞相，即文彦博，北宋重臣。

在这封信中，苏洵提出朝廷应进贤人，黜不肖，这样才能有效地扼制冗官的增长。

【注释】

①邀：希望得到。
②周公营乎东周：周公姬旦在平定了管叔、蔡叔动乱后，营建了东周。
③射宫：天子行大射礼的处所，又是考试贡士的场所。
④不克：不能。
⑤转运：指转运使，官名。宋置诸道转运使，掌一路或数路军需粮饷，后并兼军事、刑名、巡视地方之职，为州府以上行政长官，权任甚重，以有兵权，故称漕帅。
⑥发：揭发有罪。
⑦追胥调发：追捕盗贼，调征人力。
⑧亮：通“谅”，原谅。

上田枢密书

天之所以与我者，夫岂偶然哉？尧不得以与丹朱[1]，舜不得以与商均[2]，而瞽叟[3]不得夺诸舜。发于其心，出于其言，见于其事，确乎其不可易也。圣人不得以与人，父不得夺诸其子，于此见天之所以与我者不偶然也。夫其所以与我者，必有以用我也。我知之不得行之，不以告人，无固用之，我实置之[4]，其名曰弃天。自卑以求幸其言，自小以求用其道，天之所以与我者何如，而我如此也，其名曰亵天。弃天，我之罪也；亵天，亦我之罪也；不弃不亵，而人不我用，非我之罪也，其名曰逆天。然则弃天、亵天者其责在我，逆天者其责在人。在我者，吾将尽吾力之所能为者，以塞夫天之所以与我之意，而求免乎天下后世之讥。在人者，吾何知焉？吾求免夫一身之责之不暇，而为人忧乎哉？孔子、孟轲之不遇，老于道涂而不倦不愠不怍不沮者，夫固知夫责之所在也。卫灵、鲁哀、刘宣、梁惠之徒之不足相与以有为也，我亦知之矣，抑将尽吾心焉耳。吾心之不尽，吾恐天下后世无以责夫卫灵、鲁哀、齐宣、梁惠之徒，而彼亦将有以辞其责也，然则孔子、孟轲之目将不瞑于地下矣。夫圣人贤人之用心也固如此。如此而生，如此而死，如此而贫贱，如此而富贵，升而为天，沉而为渊，流而为川，止而为山，彼不预吾事，吾事毕矣。窃怪夫后之贤者之不能自处其身也，饥寒穷困之不胜而号于人。呜呼！使其诚死于饥寒穷困邪，则天下后世之责将必有在。彼其身之责不自任以为忧，而我取而加之吾身，不已过乎？今洵之不肖，何敢以自列于圣贤！然其心亦有所不甚自轻者。何则？天下之学者，孰不欲一蹴而造[5]圣人之域，然及其不成也，求一言之几乎[6]道而不可得也。千金之子，可以贫人，可以富人，非天之所与，虽以贫人富人之权，求一言之几乎道，不可得也。天子之宰相，可以生人，可以杀人；非天之所以，虽以生人杀人之权，求一言之几乎道，不可得也。今洵用力于圣人贤人之术亦已久矣。其言语，其文章，虽不识其果可以有用于今而传于后与否，独怪其得之之不劳。方其致思于心也，若或起之；得之心而书之纸也，若或相之。夫岂无一言之几乎道？千金之子，天子之宰相，求而不得者，一旦在已，故其心得以自负，或者天其亦有以与我也。曩者见执事于益州，当时之文，浅狭可笑，饥寒穷困乱其心，而声律记问又从而破坏其体，不足观也已。数年来退居山野，自分永弃，与世俗日疏阔，得以大肆其力于文章。诗人之优柔，骚人之精深，孟、韩⑦之温淳，迁、固⑧之雄刚，孙、吴⑨之简切，投之所向，无不如意。常以为董生⑩得圣人之经，其失也流而为迂；晁错⑪得圣人之权，其失也流而为诈；有二子之才而不流者，其惟贾生⑫乎！惜乎今之世，愚未见其人也。作策二道，曰《审势》、《审敌》，作书十篇，曰《权书》。洵有山田一顷，非凶岁，可以无饥。力耕而节用，亦足以自老。不肖之身不足惜，而天之所与者不忍弃，且不敢亵也。执事之名满天下，天下之士用与不用在执事，故敢以所谓《策》二道、《权书》十篇者为献。平生之文，远不可多致，有《洪范论》、《史论》七篇，近以献内翰欧阳公。度执事与之朝夕相从，而议天下之事，则斯文也其亦庶乎得陈于前矣。若夫其言之可用与其身之可贵与否者，执事事也，执事责也，于洵何有哉！

田枢密，指田况，曾任益州知州。苏洵写这封信也是为了自我推荐。信中介绍了自己钻研学问和著书立说的过程，希望田况能重其言，贵其身。

【注释】

①丹朱：帝尧之子，因其不肖，禅位于舜。

②商均：舜之子。相传舜以商均不肖，乃使禹继位。禹立，封商均于虞。

③瞽叟：同“瞽瞍”，舜父之别名。据传，舜父有目不能分别好恶，故时人谓之瞽，配字曰“瞍”。

④置之：放弃不顾。

⑤造：达到。

⑥几乎：及乎，达到。

⑦孟、韩：分指孟子、韩非子。皆春秋战国时著名学者。

⑧迁、固：分指司马迁和班固，皆汉代著名学者。

⑨孙、吴:分指孙子和吴子,春秋战国时人,分别著有兵书。

⑩董生:指汉代大儒董仲舒。

⑪晁错:汉代知名大臣。

⑫贾生:指汉代著名学者贾谊。

上余青州书

洵闻之，楚人高令尹子文之行[①]曰：“三以为令尹而不喜，三夺其令尹而不怒。”其为令尹也，楚人为之喜；而其去令尹也，楚人为之怒。己不期为令尹，而令尹自至。夫令尹子文岂独恶夫富贵哉？知其不可以求得，而安其自得，是以喜怒不及其心，而人为之嚣嚣[②]。嗟夫！岂亦不足以见己大而人小邪？脱然[③]为弃于人，而不知弃之为悲；纷然为取于人，而不知取之为乐；人自为弃我、取我，而吾之所以为我者如一，则亦不足以高视天下而窃笑矣哉！昔者，明公之初自奋于南海之滨，而为天下之名卿。当其盛时，激昂慷慨，论得失，定可否，左摩西羌，右揣契丹，奉使千里，弹压强悍不屈之虏，其辩如决河流而东注诸[④]海，名声四溢于中原，而滂薄于戎狄之国，可谓至盛矣。及至中废而为海滨之匹夫，盖其间十有余年，明公无求于人，而人亦无求于明公者。其后，适会南蛮纵横放肆，充斥[⑤]万里，而莫之或救。明公乃起于民伍之中，折尺棰而笞之，不旋踵而南方乂安。夫明公岂有求而为之哉？适会事变以成大功，功成而爵禄至，明公之于进退之事，盖亦绰绰乎有余裕矣。悲夫！世俗之人纷纷于富贵之间而不知自止。达者安于逸乐而习为高岸之节，顾视四海饥寒穷困之士，莫不颦蹙呕哕而不乐；穷者藜藿不饱，布褐不暖，习为贫贱之所摧折，仰望贵人之辉光，则为之颠倒而失措。此二人者，皆不可与语于轻富贵而安贫贱。何者？彼不知贫富贵贱之正味也。夫惟天下之习于富贵之荣，而狃于贫贱之辱者，而后可与语此。今夫天下之所以奔走于富贵者，我知之矣，而不敢以告人也。富贵之极，止于天子之相。而天子之相，果谁为之名？岂天为之名邪？其无乃亦人之自相名邪？夫天下之官，上自三公，至于卿、大夫，而下至于士。此四人者，皆人之所自为也，而人亦自贵之。天下以为此四者绝群离类，特立于天下而不可几近，则不亦大惑矣哉！盍亦反其本而思之？夫此四名者，其初盖出于天下之人。出其私意以自相号呼者而已矣。夫此四名者，果出于人之私意所以自相号呼也，则夫世之所谓贤人君子者，亦何以异此？有才者为贤人，而有德者为君子，此二名者夫岂轻也哉？而今世之士得为君子者，一为世之所弃，则以为不若一命士⑥之贵，而况以与三公争哉？且夫明公昔者之伏于南海，与夫今者之为东诸侯也，君子岂有间于其间？而明公亦岂有以自轻而自重哉？洵以为明公之习于富贵之荣，而狃于贫贱之辱，其尝之也，盖以多矣。是以极言至此，而无所迂曲。洵，西蜀之匹夫，尝有志于当世，因循不遇，遂至于老。然其尝所欲见者，天下之士盖有五六人。五六人者已略见矣，而独明公之未尝见，每以为恨。今明公来朝，而洵适在此，是以不得不见。伏惟加察，幸甚！

余青州，即余清，曾为青州太守。苏洵到京师，正赶上余清也在京师，便写了这封自荐信，表达了对余清的仰慕之情和自己的志向。

【注释】

①楚人高令尹子文之行：楚人赞赏令尹子文的行为。高，以……为高，赞赏，赏识。令尹，春秋时楚国最高的官职。行，行为。

②嚣嚣：叫嚷。

③脱然：轻松脱离的样子。

④诸：之于。

⑤充斥：众多，比比皆是。

⑥命士：听从差遣的士人。

上欧阳内翰第一书

内翰[①]执事[②]：洵布衣穷居，尝窃有叹。以为天下之人，不能皆贤，不能皆不肖。故贤人君子之处于世，合必离，离必合。往者天子方有意于治，而范公在相府，富公为枢密副使，执事与余公、蔡公为谏官，尹公驰骋上下，用力于兵革之地[③]。方是之时，天下之人，毛发丝粟之才[④]，纷纷然而起，合而为一。而洵也自度[⑤]其愚鲁无用之身，不足以自奋于其间，退而养其心，幸[⑥]其道之将成，而可以复见于当世之贤人君子。不幸道未成，而范公西，富公北，执事与余公、蔡公分散四出，而尹公亦失势，奔走于小官[⑦]。洵时在京师，亲见其事，忽忽仰天叹息，以为斯人之去，而道虽成，不复足以为荣也。既复自思，念往者众君子之进于朝，其始也，必有善人焉推之；今也，亦必有小人焉间之。今之世无复有善人也，则已矣！如其不然也，吾何忧焉？姑养其心，使其道大有成而待之，何伤？退而处十年，虽未敢自谓其道有成矣，然浩浩乎[⑧]其胸中若与曩者异。而余公适亦有成功于南方，执事与蔡公复相继登于朝，富公复自外入为宰相[⑨]。喜且自贺，以为道既已粗成[⑩]，而果将有以发之也。既又反而思其向之所慕望爱悦之而不得见之者，盖有六人焉，今将往见之矣。而六人者，已有范公、尹公二人亡焉，则又为之潸然出涕以悲[⑪]。呜呼！二人者不可复见矣，而所恃以慰此心者，犹有四人也，则又以自解。思其止于四人也，则又汲汲[⑫]欲一识其面，以发其心之所欲言。而富公又为天子之宰相，远方寒士，未可遽以言通于其前；余公、蔡公，远者又在万里外，独执事在朝廷间，而其位差不甚贵，可以叫呼扳援而闻之以言[⑬]。而饥寒衰老之病，又痼[⑭]而留之，使不克[⑮]自至于执事之庭。夫以慕望爱悦其人之心，十年而不得见，而其人已死，如范公、尹公二人者；则四人者之中，非其势不可遽以言通者，何可以不能自往而遽已也！

执事之文章，天下之人莫不知之；然窃自以为洵之知之特深，愈[⑯]于天下之人。何者？孟子之文，语约而意尽，不为巉刻斩绝之言，而其锋不可犯[17]。韩子之文，如长江大河，浑浩流转，鱼鼋蛟龙，万怪惶惑，而抑遏蔽掩，不使自露；而人望见其渊然之光，苍然之色，亦自畏避，不敢迫视[18]。执事之文，纡馀委备，往复百折，而条达疏畅，无所间断，气尽语极，急言竭论，而容与闲易，无艰难劳苦之态[19]。此三者，皆断然自为一家之文也。惟李翱之文，其味黯然而长，其光油然而幽，俯仰揖让，有执事之态[20]。陆贽[21]之文，遣言措意，切近的当，有执事之实；而执事之才，又自有过人者。盖执事之文，非孟子、韩子之文，而欧阳子之文也。夫乐道人之善[22]而不为谄者，以其人诚足以当之也；彼不知者，则以为誉人以求其悦己也。夫誉人以求其悦己，洵亦不为也；而其所以道执事光明盛大之德，而不自知止者，亦欲执事之知其知我也[23]。

虽然，执事之名，满于天下，虽不见其文，而固已知有欧阳子矣。而洵也不幸，堕在草野泥涂之中[24]。而其知道之心，又近而粗成。而欲徒手奉咫尺[25]之书自托于执事，将使执事何从而知之，何从而信之哉？洵少年不学，生二十五岁，始知读书，从士君子游。年既已晚，而又不遂刻意厉行[26]，以古人自期，而视与己同列者，皆不胜己，则遂以为可矣。其后困益甚，然后取古人之文而读之，始觉其出言用意，与己大异。时复内顾，自思其才，则又似夫不遂止于是而已者。由是尽烧曩时所为文数百篇，取《论语》、《孟子》、韩子及其他圣人、贤人之文，而兀然端坐[27]，终日以读之者，七八年矣。方其始也，入其中而惶然，博观于其外而骇然以惊。及其久也，读之益精，而其胸中豁然以明。若人之言固当然者，然犹未敢自出其言也。时既久，胸中之言日益多，不能自制，试出而书之。已而再三读之，浑浑乎[28]觉其来之易矣，然犹未敢以为是也。近所为《洪范论》[29]、《史论》凡七篇，执事观其如何？嘻[30]！区区[31]而自言，不知者又将以为自誉以求人之知己也。惟执事思其十年之心[32]如是之不偶然也而察之。

本文写于宋仁宗嘉祐元年，苏洵重游京师，以此文自通于欧阳修，希望能得到他的引荐。这篇文章文字婉转曲折，波澜起伏，精致细密，是苏洵的得意之作。

【注释】

①内翰:这里指欧阳修。欧阳修,字永叔,自号醉翁,晚年又号六一居士,谥号“文忠”,因称欧阳文忠公,北宋庐陵(今江西吉安)人。宋代古文运动的领导者、北宋文坛领袖。欧阳修官至参知政事(副宰相),曾任翰林学士,故称“内翰”。

②执事:书信中常用的敬辞,表示不敢直呼对方的大名,而说让其左右办事的人员代为转达。

③“往者天子”六句:天子,指宋仁宗赵祯。范公,范仲淹,宋仁宗庆历三年,范仲淹除(拜受官职)参知政事(副宰相)。富公,富弼,字彦国,宋代河南(今河南省洛阳市)人。庆历三年,除枢密副使,分掌北方、西方边防军事。执事,指欧阳修,庆历三年任谏官。余公,字安道,韶州曲江(今广东省韶关市)人,庆历三年为右正言(谏官)。蔡公,蔡襄,字君谟,兴化仙游(今福建省仙游县)人,庆历三年任谏官。尹公,尹洙,字师鲁,庆历初年,尹洙以太常丞知泾州(今甘肃省泾川县),又以右司谏知渭州(今甘肃省陇西县),兼领泾原路经略部署。

④毛发丝粟之才:在这里形容才能的细小平凡。

⑤度:考虑。

⑥幸:希幸,希冀。

⑦“不幸道未成”六句:范公西,庆历四年(1044)六月,范仲淹出为陕西、河东宣抚使。富公北,庆历四年八月富弼出为河北宣抚使。执事与余公、蔡公分散四出,庆历五年(1045),欧阳修出知滁州(今安徽省滁县),余靖出知吉州(今江西省吉安县),蔡襄出知福州(今福建省福州市)。尹公亦失势,指尹洙被贬监均州酒税。

⑧浩浩乎:广大的样子。

⑨“而余”三句:宋仁宗皇祐五年(1053)余靖迁工部侍郎;宋仁宗至和元年(1054),欧阳修迁翰林学士;同年,蔡襄迁龙图阁直学士,知开封府;至和二年(1055)召富弼为同中书门下平章事(宰相)。

⑩粗成:粗有成就,略有所成。

⑪“而六人者”三句:范公,范仲淹卒于宋仁宗皇祐四年(1052)。尹公,尹洙卒于庆历七年(1047)。潸然,流泪的样子。

⑫汲汲:心情急切的样子。《汉书·扬雄传》:“不汲汲于富贵,不戚戚于贫贱。”

⑬“而富公”八句:遽,急,骤然。余公,当时余靖尚留广西。蔡公,宋仁宗至和二年,蔡襄出知泉州。差,稍微。扳援,攀引。

⑭痼:老病。

⑮克:能。

⑯愈:超过。

⑰“孟子”四句：语约，语句简略概括。约，简括。巉刻斩绝，形容文辞锐利尖刻。巉，山势险峻。

⑱“韩子”十一句：韩子，尊称韩愈。浑浩流转，大水奔涌澎湃，这里形容文章有气势。渊然，深邃的样子。苍，深青色，形容深水的颜色。迫，逼近。

⑲“执事”九句：纡馀委备，形容文辞曲折详备。容与闲易，形容文章风格从容舒缓，不急迫。容与闲易，安闲和悦。

⑳“惟李”五句：李翱，字习之，唐代著名散文作家。黯然，幽黯的样子，形容深长。油然，自然流畅的样子。

㉑陆贽：字敬舆，唐朝人，官至翰林学士，谥号“宣”，因称“陆宣公”。

㉒乐道人之善：乐于说别人的长处。

㉓知我：知己。

㉔草野泥涂之中：荒野乡村，指没有官职的人居住的地方。涂，同“途”。

㉕咫尺：咫，古称八寸尺。咫尺，比喻距离很近，这里是谦称自己的书短，不足为道。

㉖刻意厉行：锻炼意志，砥砺德行。

㉗兀然端坐：端庄而坐，一动也不动。表示读书时严肃认真。兀然，稳坐不动的样子。

㉘浑浑乎：泉水涌流的样子。

㉙《洪范论》：苏洵所作论《洪范》的文章。《洪范》是《尚书》的篇名，内容是箕子对武王讲的政事纲领。

㉚嘻：感叹声。

㉛区区：微小。自谦之词。

㉜十年之心：指长期以来，苏洵对欧阳修等人仰慕之心和自己的求“道”之心。

上欧阳内翰第二书

内翰谏议执事：士之能以其姓名闻乎天下后世者，夫岂偶然哉？以今观之，乃可以见。生而同乡，学而同道，以某问某，盖有曰吾不闻者焉；而况乎天下之广，后世之远，虽欲求仿佛[①]，岂易得哉？古之以一能称，以一善书者，愚未尝敢忽也。今夫群群焉而生，逐逐焉而死者，更千万人不称不书也。彼之以一能称，以一善书者，皆有以过乎千万人者也。自孔子没，百有余年而孟子生，孟子之后，数十年而至荀卿子；荀卿子后乃稍阔远，二百余年而扬雄称于世，扬雄之死，不得其继，千有余年，而后属之韩愈氏；韩愈氏没三百年矣，不知天下之将谁与也？且夫以一能称，以一善书者，皆不可忽，则其多称而屡书者，其为人宜尤可贵重。奈何数千年之间，四人而无加，此其人宜何如也？天下病无斯人，天下而有斯人也，宜何以待之？洵一穷布衣，于今世最为无用，思以一能称，以一善书而不可得者也。况夫四子者之文章，诚不敢冀[②]其万一。顷者张益州见其文，以为似司马子长[③]。洵不悦，辞焉。夫以布衣，而王公大人称其文似司马迁，不悦而辞，无乃为不近人情？诚恐天下之人不信，且惧张公之不能副[④]其言，重为世俗笑耳。若执事，天下所就而折衷者也。不知其不肖，称之曰："子之《六经论》，荀卿子之文也。"平生为文，求于千万人中使其姓名仿佛于后世而不可得，今也一旦而得齿于四人者之中，天下乌有是哉？意者其失于斯言也。执事于文称师鲁[⑤]，于诗称子美、圣俞[⑥]，未闻其有此言也。意者其戏也。惟其愚而不顾，日书其所为文，惟执事之求而致之。既而屡请而屡辞焉，曰："吾未暇读也。"退而处，不敢复见，甚惭于朋友，曰："信矣，其戏也！"虽然，天下不知其为戏，将有以议执事，洵亦且得罪。执事怜其平生之心，苟以为可教，亦足以慰其衰老，惟无曰荀卿云者，幸甚。

这封信写于嘉祐元年，对张方平和欧阳修对他文章的赞赏表示谦谢，但自得之意亦溢于言表。

【注释】

①仿佛:相似,差不多。

②冀:希望。

③司马子长:指汉代著名史学家、文学家司马迁。司马迁,字子长。

④副:符合。

⑤师鲁:指尹洙,字师鲁,与欧阳修同时人。

⑥子美、圣俞:子美,指唐代大诗人杜甫,字子美。圣俞,指梅尧臣,字圣俞,与欧阳修同时人。

上欧阳内翰第三书

洵启：昨出京仓惶，遂不得一别。去后数日，始知悔恨。盖一时间变出不意，遂扰乱如此，怏怅，怏怅！不审日来尊履何似？二子轼、辙竟不免于忧。今已到家月余，幸且存活，洵道途奔波，老病侵陵①，成一翁矣。自思平生羁蹇不遇，年近五十，始识阁下，倾盖晤语②，便若平生，非徒欲援之于贫贱之中，乃与切磨议论，共为不朽之计。而事未及成，辄闻此变。孟轲有云："行或使之，止或尼之。"③岂信然邪？洵离家时，无壮子弟守舍，归来屋庐倒坏，篱落破漏，如逃亡人家。今且谢绝过从④，杜门不出，亦稍稍取旧书读之。时有所怀，辄欲就阁下评议。忽惊相去已四千里，思欲跂首望见君子之门庭，不可得也。所示范公碑文，议及申公事节，最为深厚。近试以语人，果无有晓者。每念及此，郁郁不乐。阁下虽贤俊满门，足以笑歌俯仰，终日不闷，然至于不言而心相谕⑤者，阁下于谁取之？自蜀至秦，山行一月，自秦至京师，又沙行数千里。非有名利之所驱，与凡事之不得已者，孰为来哉？洵老矣，恐不能复东。阁下当时赐音问，以慰孤耿。病中无聊，深愧疏略，惟千万珍重。

这封信写于嘉祐二年，苏洵时年四十九岁。苏洵带着两个儿子苏轼、苏辙来到京师，经欧阳修等人推荐，文章大盛，名动京师，苏轼兄弟二人一举中第，更是令天下人羡慕不已，这时苏洵的妻子程氏却死于家中。父子三人闻耗，仓卒返蜀。回到家中，处理完丧事，苏洵给欧阳修写了这封信，描述了回到家中的凄凉景象和悲凉的心境，并对欧阳修的知遇之恩再表感谢。

【注释】

①侵陵：侵扰。

②倾盖晤语:指行道相遇,停车而语,车盖接近。意思是说初识相交,一见如故。盖,车盖。

③"行或使之,止或尼之":大意是说一个人要干一件事情,有一种力量在指使他;不干,也是有一种力量在阻止他。或,有的。尼,阻止。

④过从:交往。

⑤谕:明白,清楚。

上欧阳内翰第四书

洵启：夏热，伏惟提举内翰尊候万福。向为京兆尹，天下谓公当由此得政；其后闻有此授，或以为拂世戾俗，过在于不肯卤莽。然此岂足为公损益哉？洵久不奉书，非敢有懈，以为用公之奏而得召，恐有私谢之嫌。今者洵既不行，而朝廷又欲必致之。恐听者不察，以为匹夫而要[①]君命，苟以为高而求名，亦且得罪于门下，是故略陈其一二，以晓左右。闻之孟轲曰："仕不为贫，而有时乎为贫。"洵之所为欲仕者，为贫乎？实未至于饥寒而不择。以为行道乎？道固不在我。且朝廷将何以待之？今人之所谓富贵高显而近于君，可以行道者，莫若两制。然犹以为不得为宰相，有所牵制于其上，而不得行其志。为宰相者，又以为时不可为，而我将有所待。若洵又可以行道责之邪？始公进其文，自丙申之秋至戊戌之冬，凡七百余日而得召。朝廷之事，其节目[②]期限，如此之繁且久也。使洵今日治行，数月而至京师；旅食于都市以待命，而数月间得试于所谓舍人院者；然后使诸公专考其文，亦一二年；幸而以为不谬，可以及等而奏之，从中下相府，相与拟议，又须年载间，而后可以庶几有望于一官。如此，洵固以老而不能为矣。人皆曰求仕将以行道，若此者，果足以行道乎？既不足以行道，而又不至于为贫，是二者皆无名焉，是故其来迟迟，而未甚乐也。王命且再下，洵若固辞，必将以为沽名而有所希望。今岁之秋，轼、辙已服阕[③]，亦不可不与之俱东。恐内翰怪其久而不来，是以略陈其意。拜见尚远，惟千万为国自重。

这封信写于嘉祐六年，苏洵五十三岁。

经过欧阳修等人的一再推荐，皇上终于下诏，命苏洵试于舍人院。而这时的苏洵，由于在仕途上屡屡碰壁已颇为心寒。他在这封信中向欧阳修表达了自己郁郁不乐的心情，对朝廷中办事拖拉表示了不满。

【注释】

①要:要挟。

②节目:条目,项目。

③服阕:古丧礼规定,父母死后,服丧三年,期满除服,称服阕。阕,终了。

上欧阳内翰第五书

内翰侍郎执事：洵以无用之才，久为天下之弃民，行年五十，未尝见役于世[①]。执事独以为可收，而论之于天子，再召之试，而洵亦再辞。独执事之意，叮宁而不肯已。朝廷虽知其不肖，不足以辱士大夫之列，而重违执事之意，譬之巫医卜祝[②]，特捐一官以乞之。自顾无分毫之功有益于世，而王命至门，不知辞让，不畏简书、朋友之讥，而苟以为荣。此所以深愧于执事，久而不至于门也。然君子之相从，本非以求利，盖亦乐乎天下之不知其心，而或者之深知之也。执事之于洵，未识其面也，见其文而知其心；既见也，闻其言而信其平生。洵不以身之进退出处之间有谒于执事，而执事亦不以称誉荐拔之，故有德于洵。再召而辞也，执事不以为矫，而知其耻于自求；一命而受也，执事不以为贪，而知其不欲为异。其去不追，而其来不拒；其大不荣，而其小不辱。此洵之所以自信于心者，而执事举知之。故凡区区而至门者，为是谢也。《礼》曰："仕而未有禄者，君有馈[③]焉曰献，使焉曰寡君。违而君薨[④]，弗为服[⑤]也。"古之君子重以其身臣人者盖为是也哉！子思、孟轲之徒，至于是国，国君使人馈之，其词曰："寡君使某有献于从者。"布衣之尊，而至于此，惟不食其禄也。今洵已有名于吏部，执事其将以道取之邪，则洵也犹得以宾客见；不然，其将与奔走之吏同趋于下风，此洵所以深自怜也。惟所裁择。

在欧阳修等人的一再推荐下，朝廷终于赐给了苏洵一个小官——试秘书省校书郎。苏洵对这个小官并未感到怎样满意，但他还是写了这封信，对欧阳修的推荐深表感谢，并希望欧阳修能继续以宾客之礼相待他，而不要只将他看成一个下属的小吏。

【注释】

①见役于世:为世事所役使。意指进入仕途。

②巫医卜祝:古代行医算卦者。

③馈:赠送礼物。

④薨:帝王死称薨。

⑤服:服丧。

上王长安书

判府左丞阁下：天下无事，天子甚尊，公卿甚贵，士甚贱。从士而逆数之，至于天子，其积也甚厚，其为变也甚难。是故天子之尊至于不可指，而士之卑至于可杀。呜呼，见其安而不见其危，如此而已矣。卫懿公[①]之死，非其无人也，以鹤辞而不与战也。方其未败也，天下之士望为其鹤而不可得也；及其败也，思以千乘之国与匹夫共之而不可得也。人知其卒之至于如此，则天子之尊可以栗栗[②]于上，而士之卑可以肆志于下，又焉敢以势言哉！故夫士之贵贱，其势在天子；天子之存亡，其权在士。世衰道丧！天子之士学之不明，持之不坚，于是始以天子存亡之权，下而就一匹夫贵贱之势。甚矣夫，天下之惑也！持千金之璧以易一瓦缶，几何其不举而弃诸沟也？古之君子，其道相为徒，其徒相为用。故一夫不用乎此，则天下之士相率而去之。使夫上之人有失天下士之忧，而后有失一士之惧。今之君子，幸其徒之不用，以苟容其身。故其始也轻用之，而其终也亦轻去之。呜呼，其亦何便于此也？当今之世，非有贤公卿不能振其前，非有贤士不能奋其后，洵从蜀来，明日将至长安，见明公而东。伏惟读其书而察其心，以轻重其礼[③]，幸甚幸甚！

嘉祐元年三月，苏洵父子三人于成都辞别他们的恩公张方平奔赴京师。他们经阆中，出褒斜谷，发横渠镇，入凤翔驿，过长安，出关中，奔京师。

在抵达长安前，苏洵写了这封信，送给当时长安的地方长官，并献上自己的文章，希望能得到王长安的礼遇。

【注释】

①卫懿公:春秋时卫国的一位君主,沉迷于养鹤,终至亡国。

②栗栗:恐惧发抖的样子。

③以轻重其礼:以决定礼遇他的轻重程度。

上张侍郎第一书

侍郎执事：明公之知洵，洵知之，明公知之，他人亦知之。洵之所以获知于明公，明公之所以知洵者，虽暴之天下，皆可以无愧。今也，将有所私告于执事。今将以屑屑之私，坏败其至公之节，欲忍而不言而不能，欲言而不果[①]，勃然交于胸中，心不宁而颜忸怩者累月而后决。窃见古之君子，知其人也忧其人，以至于其父母、昆弟、妻子，以至于其亲族、朋友，忧之固其责也。虽然，自我求之，则君子讥焉。知之而不忧，不忧而求人忧，则君子交讥之。洵之意以为宁在我，而无宁在明公，故用此[②]决其意而发其言，以私告于下执事，明公试一听之。洵有二子轼、辙，龆龀[③]授经，不知他习，进趋拜跪，仪状甚野，而独于文字中有可观者。始学声律，既成，以为不足尽力于其间，读孟、韩文，一见以为可作。引笔书纸，日数千言，坌然溢出，若有所相，年少狂勇，未尝更变，以为天子之爵禄可以攫取。闻京师多贤士大夫，欲往从之游，因以举进士。洵今年几五十，以懒钝废于世，誓将绝进取之意。惟此二子，不忍使之复为湮沦[④]弃置之人。今年三月，将与之如京师。一门之中，行者三人，而居者尚十数口。为行者计，则害居者；为居者计，则不能行。恓恓焉无所告诉。夫以负贩之夫，左提妻，右挈子，奋身而往，尚不可御；有明公以为主，夫焉往而不济？今也望数千里之外，茫然如梯天[⑤]而航海，蓄缩而不进，洵亦羞见朋友。明公居齐桓、晋文之位，惟其不知洵，惟其知而不忧，则又何说？不然，何求而不克？轻之于鸿毛，重之于泰山，高之于九天，远之于万里，明公一言，天下谁议？将使轼、辙求进于下风，明公引而察之。有一不如所言，愿赐诛绝，以惩欺罔之罪。

张侍郎，即张方平，时任成都太守。苏洵在这封书信中，向张方平介绍了自己两个儿子的学习和作文章的情况，希望能得到张方平的推引。

【注释】

①不果:不能实现。

②用此:因此。

③龆龀:童年。

④湮沦:湮没沦落。

⑤梯天:登梯上天。梯,这里用如动词。

上张侍郎第二书

省主侍郎执事：洵始至京师时，平生亲旧，往往在此，不见者盖十年矣。惜其老而无成，问所以来者，既而皆曰："子欲有求，无事他人，须张益州来乃济[①]。"且云："公不惜数千里走表[②]为子求官，苟归，立便殿上，与天子相唯诺，顾不肯邪？"退自思公之所与我者，盖不为浅。所不可知者，惟其力不足而势不便；不然，公与我无爱也。闻之古人："日中必熭[③]，操刀必割。"当此时也，天子虚席而待公，其言宜无不听用。洵也与公有如此之旧，适在京师，且未甚老，而犹足以有为也。此时而无成，亦足以见他人之无足求，而他日之无及也已。昨闻车马至此有日，西出百余里迎见。雪后苦风，晨至郑州，唇黑面烈，僮仆无人色。从逆旅主人得束薪缊火[④]，良久，乃能以见。出郑州十里许，有导骑[⑤]从东来，惊愕下马立道周[⑥]。云宋端明且至，从者数百人，足声如雷，已过乃敢上马徐去，私自伤至此。伏惟明公所谓洁廉而有文，可以比汉之司马子长者[⑦]，盖穷困如此，岂不为之动心，而待其多言邪！

苏洵带着两个儿子来到京师，得到了欧阳修等人的赞赏，名声大振，但苏洵的仕途并无尺寸之进。正值张方平由川返京，苏洵写了这封书信，希望张方平能全力向朝廷推荐他。信中写了自己凄苦的处境和焦急的心情。其中到郊外迎候张方平的那一段描述，更是凄切悲惨，哀楚动人。

【注释】

①济：能够成功。

②走表：送推荐信。

③熭：晒，晒干。

④缊火：乱麻点燃的火。缊，乱麻。

⑤导骑:为大官作前导的骑士。

⑥道周:道路的弯曲处。

⑦伏惟明公所谓洁廉而有文,可以比汉之司马子长者:张侍郎(张方平)曾称赞苏洵的文章洁廉而有文,可以与汉代的司马迁(字子长)相比。

上韩昭文论山陵书

四月二十三日，将仕郎、守霸州文安县主簿、礼院编纂苏洵，惶恐再拜上书昭文相公执事：洵本布衣书生，才无所长，相公不察而辱收之，使与百执事之末，平居思所以仰报盛德，而不获其所。今者，先帝新弃万国[①]，天子始亲政事，当海内倾耳[②]之秋，而相公实为社稷柱石莫先之臣，有百世不磨之功。伏惟相公将何以处之？古者天子即位，天下之政必有所不及安席而先行之者。盖汉昭即位，休息百役，与天下更始，故其为天子曾未逾月，而恩泽下布于海内。窃惟当今之事，天下之所谓最急，而天子之所宜先行者，辄敢以告于左右。窃见先帝以俭德临天下，在位四十余年，而宫室游观无所增加，帏簿器皿弊陋而不易，天下称颂，以为文景[③]之所不若。今一旦奄弃臣下，而有司乃欲以末世葬送无益之费，侵削先帝休息长养之民，掇取厚葬之名而遗之，以累其盛明。故洵以为当今之议，莫若薄葬。窃闻顷者癸酉赦书既出，郡县无以赏兵，例皆贷钱于民。民之有钱者，皆莫肯自输，于是有威之以刀剑，驱之以笞棰，为国结怨，仅而得之者。小民无知，不知与国同忧，方且狼顾而不宁。而山陵一切配率之科又以复下，计今不过秋冬之间，海内必将骚然，有不自聊赖之人。窃惟先帝平昔之所以爱惜百姓者如此其深，而其所以检身节俭者如此其至也，推其平生之心而计其既没之意，则其不欲以山陵重困天下[④]，亦已明矣。而臣下乃独为此过当逾礼之费，以拂戾其平生之意，窃所不取也。且使今府库之中，财用有余，一物不取于民，尽公力而为之，以称遂臣子不忍之心，犹且获讥于圣人；况夫空虚无有，一金以上非取于民则不获，而冒行不顾，以徇近世失中之礼，亦已惑矣。然议者必将以为古者君子不以天下俭其亲，以天下之大，而不足于先帝之葬，于人情有所不顺。洵亦以为不然。使今俭葬而用墨子之说，则是过也；不废先王之礼，而去近世无益之费，是不过矣，子思[⑤]曰："三日而殡，凡附于身者必诚必信，勿之有悔焉耳矣；三月而葬，凡附于棺者必诚必信，勿之有悔焉耳矣。”古之人所由以尽其诚信者，不敢有略也，而外是者则略之。昔者华元[6]厚葬其君，君子以为不臣。汉文葬于霸陵，木不改列，藏无金玉，天下以为圣明，而后世安于太山。故曰莫若建薄葬之议，上以遂先帝恭俭之诚，下以纾百姓目前之患，内以解华元不臣之讥，而万世之后以固山陵不拔之安。洵窃观古者厚葬之由，未有非其时君之不达，欲以金玉厚其亲于地下，而其臣下不能禁止，僶俛而从之者；未有如今日之事，太后至明，天子至圣，而有司信近世之礼，而遂为之者，是可深惜也。且夫相公既已立不世之功矣，而何爱一时之劳而无所建明？洵恐世之清议，将有任其责者。如曰诏敕已行，制度已定，虽知不便，而不可复改，则此又过矣。盖唐太宗之葬高祖也，欲为九丈之坟，而用汉氏长陵之制，百事务从丰厚。及群臣建议以为不可，于是改从光武[7]之陵，高不过六丈，而每事俭约。夫君子之为政，与其坐视百姓之艰难而重改令之非，孰若改令以救百姓之急？不胜区区之心，敢辄以告。惟恕其狂易之诛，幸甚幸甚！不宣。洵惶恐再拜。

韩昭文，即韩琦。

嘉祐八年三月，宋仁宗去世，皇子赵曙即位，是为英宗。韩琦当时被任为山陵使，主持仁宗入葬事务，准备厚葬仁宗。苏洵闻讯上此书，力主薄葬，言辞激烈，说得韩琦甚至为之变色。

【注释】

①先帝新弃万国：先帝去世的比较委婉的说法。
②倾耳：侧耳倾听朝廷消息。
③文景：指汉代的文帝和景帝，因其治国有方，史称“文景之治”。
④不欲以山陵重困天下：不想因治理丧事大修陵墓而加重天下的困难。
⑤子思：孔子的学生。
⑥华元：春秋时宋国大夫，历事文、共、平三公，执政四十年。
⑦光武：指汉代的光武帝刘秀。

与梅圣俞书

圣俞足下：揆间[①]忽复岁晚，昨九月中尝发书，计已达左右。洵闲居经岁，益知无事之乐，旧病渐复散去。独恨沦废山林，不得圣俞、永叔[②]相与谈笑，深以嗟惋。自离京师，行已二年，不意朝廷尚未见遗，以其不肖之文犹有可者，前月承本州发遣赴阙就试。圣俞自思，仆岂欲试者？惟其平生不能区区附合有司之尺度，是以至此穷困。今乃以五十衰病之身，奔走万里以就试，不亦为山林之士所轻笑哉？自思少年尝举茂才[③]，中夜起坐，裹饭携饼，待晓东华门外，逐队而入，屈膝就席，俯首据案。其后每思至此，即为寒心。今齿日益老，尚安能使达官贵人复弄其文墨，以穷其所不知邪？且以永叔之言与夫三书之所云，皆世之所见。今千里召仆而试之，盖其心尚有所未信，此尤不可苟进，以求其荣利也。昨适有病，遂以此辞。然恐无以答朝廷之恩，因为《上皇帝书》一通以进，盖以自解其不至之罪而已。不知圣俞当见之否。冬寒，千万加爱。

梅圣俞，即梅尧臣。苏洵在这封信中，对朝廷不重视他的才能而让他赴试舍人院的作法表示愤愤不平，并说自己年岁已大，不想再低声下气地让别人考来考去了。

【注释】

①揆间：测度之间。

②圣俞、永叔：圣俞，即指梅尧臣，字圣俞。永叔，指欧阳修，字永叔。

③茂才：宋时一种科举名称。

答雷太简书

太简足下：前月辱书，承谕朝廷将有召命，且教以东行应诏。旋属郡有符[①]，亦以此见遣。承命自笑，恐不足以当，遂以疾辞，不果行。计太简亦已知之。仆已老矣，固非求仕者，亦非固求不仕者。自以闲居田野之中，鱼稻蔬笋之资，足以养生自乐，俯仰世俗之间，窃观当世之太平；其文章议论，亦可以自足于一世。何苦乃以衰病之身，委曲以就有司之权衡，以自取轻笑哉？然此可为太简道，不可与流俗人言也。向者《权书》、《衡论》、《几策》，皆仆闲居之所为。其间虽多言今世之事，亦不自求出之于世，乃欧阳永叔以为可进而进之。苟朝廷以为其言之可信，则何所事试？苟不信其平居之所云，而其一日仓卒之言，又何足信邪？恐复不信，只以为笑。久居闲处，终岁幸无事。昨为州郡所发遣，徒益不乐尔。杨旻至今未归，未得所惠书。岁晚，京师寒甚，惟多爱。

张方平最早发现了苏洵，在他的推荐下苏洵又结识了时任雅州知州的雷太简。雷太简认为苏洵所作文章有“王佐才”，便向欧阳修等人推荐，苏洵遂与之结为至交。在这封信中，苏洵大发牢骚，认为朝廷并没有拿他那些引以自豪的文章当回事，一气之下表示不再追求入仕。当然，最后苏洵还是赴京接受了朝廷赏给他的一个小官。

【注释】

①旋属郡有符：很快所属郡州又发来公文。符，官府的符契，公文。

审 势

治天下者定所上[①]。所上一定，至于万千年而不变，使民之耳目纯于一，而子孙有所守，易以为治。故三代圣人，其后世远者至七八百年。夫岂惟其民之不忘其功，以至于是，盖其子孙得其祖宗之法而为据依，可以永久。夏之上忠，商之上质，周之上文，视天下之所宜上而固执之，以此而始，以此而终，不朝文而暮质，以自溃乱。故圣人者出，必先定一代之所上。周之世，盖有周公为之制礼，而天下遂上文。后世有贾谊者说汉文帝，亦欲先定制度，而其说不果用。今者天下幸方治安，子孙万世帝王之计，不可不预定于此时。然万世帝王之计，常先定所上，使其子孙可以安坐而守其旧。至于政弊，然后变其小节，而其大体卒不可革易。故享世长远，而民不苟简[②]。今也考之于朝野之间，以观国家以所上者，而愚犹有惑也。何则？天下之势有强弱，圣人审其势而应之以权[③]。势强矣，强甚而不已则折；势弱矣，弱甚而不已则屈。圣人权之，而使其甚不至于折与屈者，威与惠也。夫强甚者，威竭而不振；弱甚者，惠亵而下不以为德。故处弱者利用威，而处强者利用惠。乘强之威以行惠，则惠尊；乘弱之惠以养威，则威发而天下震栗。故威与惠者，所以裁节天下强弱之势也。然而不知强弱之势者，有杀人之威而下不惧，有生人之惠而下不喜。何者？威竭而惠亵故也。故有天下者，必先审知天下之势，而后可与言用威惠。不先审知其势，而徒曰我能用威，我能用惠者，未也。故有强而益之以威，弱而益之以惠，以至于折与屈者，是可悼也。譬之一人之身，将欲饮药饵石以养其生，必先审观其性之为阴，其性之为阳，而投之以药石。药石之阳而投之阴，药石之阴而投之阳，故阴不至于涸，而阳不至于亢。苟不能先审观己之为阴，与己之为阳，而以阴攻阴，以阳攻阳，则阴者固死于阴，而阳者固死于阳，不可救也。是以善养身者，先审其阴阳；而善制天下者，先审其强弱，以为之谋。昔者周有天下，诸侯太盛。当其盛时，大者已有地五百里，而畿内反不过千里，其势为弱。秦有天下，散为郡县，聚为京师，守令无大权柄，伸缩进退，无不在我，其势为强。然方其成、康[④]在上，诸侯无小大，莫不臣伏，弱之势未见于外。及其后世失德，而诸侯禽奔兽遁，各固其国以相侵攘，而其上之人卒不悟，区区守姑息之道，而望其能以制服强国。是谓以弱政济弱势，故周之天下卒毙于弱。秦自孝公，其势固已骎骎焉[⑤]日趋于强大。及其子孙已并天下，而亦不悟，专任法制以斩挞平民。是谓以强政济强势，故秦之天下卒毙于强。周拘于惠而不知权，秦勇于威而不知本，二者皆不审天下之势也。吾宋制治，有县令，有郡守，有转运使，以大系小，丝牵绳联，总合于上。虽其地在万里外，方数千里，拥兵百万，而天子一呼于殿陛间，三尺竖子驰传捧诏，召而归之京师，则解印趋走，惟恐不及。如此之势，秦之所恃以强之势也。势强矣，然天下之病，常病于弱。噫！有可强之势如秦，而反陷于弱者，何也？习于惠而怯于威也，惠太甚而威不胜也。夫其所以习于惠而惠太甚者，赏数而加于无功也；怯于威而威不胜者，刑弛而兵不振也。由赏与刑与兵之不得其道，是以有弱之实著于外焉。何谓弱之实？曰官吏旷惰，职废不举，而败官之罚不加严也。多赎数赦，不问有罪，而典刑之禁不能行也。冗兵骄狂，负力幸赏，而维持姑息之恩不敢节[⑥]也。将帅覆军，匹马不返，而败军之责不加重也，羌胡强盛，陵压中国，而邀金缯，增币帛之耻不为怒也。若此类者，大弱之实也。久而不治，则又将有大于此，而遂浸微浸消，释然而溃，以至于不可救止者乘之矣。然愚以为弱在于政，不在于势，是谓以弱政败强势。今夫一舆薪之火，众人之所惮而不敢犯者也。举而投之河，则何热之能为？是以负强秦之势，而溺于弱周之弊，而天下不知其强焉者以此也。虽然，政之弱，非若势弱之难治也。借如弱周之势，必变易其诸侯，而后强可能也。天下之诸侯，固未易变易，此又非一日之故也。若夫弱政，则用威而已矣，可以朝改而夕定也。夫齐，古之强国也，而威王又齐之贤王也。当其即位，委政不治，诸侯并侵，而人不知其国之为强国也。一旦发怒，裂万家封即墨大夫，召烹阿大夫与常誉阿大夫者[⑦]，而发兵击赵、魏、卫。赵、魏、卫尽走请和，而齐国人人震惧，不敢饰非者，彼诚知其政之弱，而能用其威以济其弱也。况今以天子之尊，借郡县之势，言脱于口而四方响应，其所以用威之资固已完具。且有天下者患不为，焉有欲为而不可者？今诚能一留意于用威，一赏罚，一号令，一举动，无不一切出于威。严用刑法而不赦有罪，力行果断而不牵众人之是非。用不测之刑，用不测之赏，而使天下之人视之如风雨雷电，遽然而至，截然而下，不知其所从发，而不可逃遁。朝廷如此，然后平民益务检慎，而奸民猾吏亦常恐恐然惧刑法之及其身，而敛其手足，不敢辄犯法。此之谓强政。政强矣，为之数年，而天下之势可以复强。愚故曰：乘弱之惠以养威，则威发而天下震栗，然则以当今之势，求所谓万世为帝王，而其大体卒不可革易者，其上威而已矣。或曰：当今之势，事诚无更于上威者。然孰知夫万世之间其政之不变，而必曰威邪？愚应之曰：威者，君之所恃以为君也。一旦而无威，是无君也。久而政弊，变其小节，而参之以惠，使不至若秦之甚，可也；举而弃之，过矣。或者又曰：王者任德不任刑。任刑，霸者之事，非所宜言。此又非所谓知理者也。夫汤、武皆王也，桓、文皆霸也。武王乘纣之暴，出民于炮烙斩刖之地，苟又遂多杀人、多刑人以为治，则民之心去矣，故其治一出于礼义。彼汤则不然。桀之德固无以异纣，然其刑不若纣暴之甚也，而天下之民化其风，淫惰不事法度。《书》曰："有众率怠弗协[8]。"而又诸侯昆吾氏[9]首为乱。于是诛锄其强梗怠惰不法之人，以定纷乱。故《记》曰：商人"先罚而后赏"。至于桓、文之事，则又非皆任刑也。桓公用管仲，仲之书好言刑，故桓公之治常任刑。文公长者，其佐狐、赵、先、魏皆不说以刑法，其治亦未尝以刑为本，而号亦为霸。而谓汤非王而文非霸也，得乎？故用刑不必霸，而用德不必王，各观其势之何所宜用而已。然则今之势，何为不可用刑？用刑何为不曰王道？彼不先审天下之势，而欲应天下之务，难矣！

《几策》大约作于皇祐末年到至和初年，主要是为了总结宋与辽和西夏战争失败的教训而写的。

《审势》是《几策》中的一篇。文章认为，要治理好国家，首先要制定好带有根本性的方针，即"定所上"，然后坚守这一大政方针，组织实施。而在"定所上"之前，首先要分析国家的总体形势，即审势，看看主要问题是什么。当时宋朝的主要问题是什么呢？苏洵认为是朝廷太弱。具体表现，一是"滥赏"，二是"刑弛"。针对这种"大弱之实"的形势，苏洵主张用强政，尚威，从而使国家摆脱涣散局面，走向富强。

【注释】

①上：同“尚”，崇尚，尊重。下同。

②简：忽视，怠慢。

③权：灵活变化，权变。

④成、康：分指西周初期的成王、康王。

⑤骎骎焉：形容马健壮行走的样子。

⑥节：节制。

⑦裂万家封即墨大夫，召烹阿大夫与常誉阿大夫者：这句话的大意是说齐威王一旦发怒，分封万户给即墨大夫，因为他治理即墨有方；召来阿(今山东阳谷县)的大夫，指责他治理阿地无方，最后烹杀了阿大夫以及在朝中为他说话的人。

⑧有众率怠弗协：这句话出自《尚书·汤誓》。商王汤指责夏朝君主经常以重役穷尽民力，以严刑残害人民，人民因此而厌恶夏朝，都怠工以对抗朝廷，国家因此而不和谐。

⑨昆吾氏：我国远古时期西戎少数民族部族名称。

审　敌

中国内也，四夷外也。忧在内者，本也；忧在外者，末也。夫天下无内忧，必有外惧。本既固矣，盍释其末以息肩乎？曰未也。古者夷狄忧在外，今者夷狄忧在内，释其末可也，而愚不识方今夷狄之忧为末也。古者夷狄之势，大弱则臣，小弱则遁；大盛则侵，小盛则掠。吾兵良而食足，将贤而士勇，则患不及中原，如是而曰外忧可也。今之蛮夷，姑无望其臣与遁，求其志止于侵掠而不可得也。北胡骄恣，为日久矣，岁邀金缯以数十万计。曩者，幸[1]吾有西羌之变，出不逊语以撼中国。天子不忍使边民重困于锋镝，是以虏日益骄，而贿日益增，迨今凡数十百万。而犹慊然未满其欲，视中国如外府，然则其势又将不止数十百万也。夫贿益多，则赋敛不得不重；赋敛重，则民不得不残。故虽名为息民，而其实爱其死而残其生也。名为外忧，而其实忧在内也。外忧之不去，圣人犹且耻之；内忧而不为之计，愚不知天下之所以久安而无变也。古者匈奴之强，不过冒顿[2]，当暴秦刻剥，刘、项战夺之后，中国溘然矣。以今度之，彼宜遂入践中原，如决大河，溃蚁壤；然卒不能越其疆，以有吾尺寸之地。何则？中原之强，固百倍于匈奴，虽积衰新造，而犹足以制之也。五代之际，中原无君，石晋苟一时之利，以子行事匈奴，割幽、燕之地，以资其强大。孺子继立，大臣外叛，匈奴扫境来寇，兵不血刃而京师不守，天下被[3]其祸。匈奴自是始有轻中原之心，以为可得而取矣。及吾宋景德[4]中，大举来寇，章圣皇帝[5]一战而却之，遂与之盟以和。夫人之情胜则狃[6]，狃则败，败则惩，惩则胜。匈奴狃石晋之胜，而有景德之败，惩景德之败，而愚未知其所胜，甚可惧也。虽然，数十年之间，能以无大变者，何也？匈奴之谋必曰：我百战而胜人，人虽屈而我亦劳。驰一介入中国，以形凌之，以势邀之，岁得金钱数十百万。如此数十岁，我益数百千万，而中国损数百千万，吾日以富，中国日以贫，然后足以有为也。天生北狄，谓之犬戎。投骨于地，狺然[7]有争者，犬之常也。今则不然，边境之上，岂无可乘之衅？使之来寇，大足以夺一郡，小亦足以杀掠数千人，而彼不以动其心者，此其志非小也。将以蓄其锐而伺吾隙，以伸其所大欲，故不忍以小利而败其远谋。古人有言曰："为虺弗摧，为蛇奈何？"[8]匈奴之势，日长炎炎，今也柔而养之，以冀其卒无大变，其亦惑矣。且今中国之所以竭生民之力，以奉其所欲，而犹恐恐焉惧一物之不称其意者，非谓中国之力不足以支其怒也。然以愚度之，当今中国虽万万无有如石晋可乘之势者，匈奴之力虽足以犯边，然今十数年间，吾可以必无犯边之忧。何也？非畏吾也，其志不止犯边也。其志不止犯边，而力又未足以成其所欲为，则其心惟恐吾之一旦绝其好，以失吾之厚赂也。然而骄傲不肯少屈者，何也？其意曰邀之而后固也。鸷鸟将击，必匿其形。昔者冒顿欲攻汉，汉使至，辄匿其壮士健马。故《兵法》曰："词卑者进也，词强者退也[9]。"今匈奴之君臣，莫不张形势以夸我，此其志不欲战明矣。阖庐之入楚也因唐、蔡。勾践之入吴也因齐、晋。匈奴诚欲与吾战耶，曩者，陕西有元昊之叛，河朔有王则之变，岭南有智高之乱，此亦可乘之势矣。然终以不动，则其志之不欲战又明矣。吁，彼不欲战而我遂不与战，则彼既得其志矣。兵法曰："用其所欲，行其所能，废其所不能。于敌反是。"今无乃与此异乎？且匈奴之力既未足以伸其所大欲，而夺一郡，杀掠数千人之利，彼又不以动其心，则我勿赂而已。勿赂，而彼以为辞，则对曰："尔何功于吾？岁欲吾赂，吾有战而已，赂不可得也。"虽然，天下之人必曰：此愚人之计也。天下孰不知赂之为害，而无赂之为利，顾势不可耳。愚以为不然。当今夷狄之势，如汉七国之势。昔者高祖急于灭项籍，故举数千里之地以王诸将。项籍死，天下定，而诸将之地因遂不可削。当是时，非刘氏而王者八国。高祖惧其且为变，故大封吴、楚、齐、赵同姓之国以制之。既而信、越、布、绾皆诛死，而吴、楚、齐、赵之强反无以制。当是时，诸侯王虽名为臣，而其实莫不有帝制之心。胶东、胶西、济南又从而和之，于是擅爵人[10]，赦死罪，戴黄屋[11]，刺客公行，匕首交于京师，罪至章[12]也，势至逼也。然当时之人，犹且徜徉容与，若不足虑，月不图岁，朝不计夕，循循而摩之，煦煦而吹之，幸而无大变。以及于孝景之世，有谋臣曰晁错，始议削诸侯地以损其权。天下皆曰诸侯必且反。错曰："固也，削亦反，不削亦反。削之则反疾而祸小，不削则反迟而祸大。

吾惧其不及今反也。”天下皆曰晁错愚。吁，七国之祸，期于不免。与其发于远而祸大，不若发于近而祸小。以小祸易大祸，虽三尺童子皆知其当然。而其所以不与[13]错者，彼皆不知其势将有远祸，与知其势将有远祸，而度己不及见，谓可以寄之后人，以苟免吾身者也。然则，错为一身谋则愚，而为天下谋则智。人君又安可舍天下之谋，而用一身之谋哉！今日匈奴之强不减于七国，而天下之人又用当时之议，因循维持以至于今，方且以为无事。而愚以为天下之大计，不如勿赂。勿赂则变疾而祸小，赂之则变迟而祸大。畏其疾也，不若畏其大；乐其迟也，不若乐其小。天下之势，如坐弊船之中，骎骎乎将入于深渊。不及其尚浅也舍之，而求所以自生之道，而以濡足为解者，是固夫覆溺之道也。圣人除患于未萌，然后能转而为福。今也不幸养之以至此，而近忧小患又惮而不决，则是远忧大患终不可去也。赤壁之战，惟周瑜、吕蒙知其胜；伐吴之役，惟羊祜、张华以为是。然则宏远深切之谋，固不能合庸人之意。此晁错所以为愚也。虽然，错之谋犹有遗憾。何者？错知七国必反，而不为备反之计，山东变起，而关内骚动。今者匈奴之祸，又不若七国之难制。七国反，中原半为敌国；匈奴叛，中国以全制其后。此又易为谋也。然则谋之奈何？曰：匈奴之计不过三，一曰声，二曰形，三曰实。匈奴谓中国怯久矣，以吾为终不敢与之抗。且其心常欲固前好，而得厚赂以养其力。今也遽绝之，彼必曰战而胜，不如坐而得赂之为利也。华人怯，吾可以先声胁之，彼将复赂我。于是宣言于远近：我将以某日围某所，以某日攻某所，如此谓之声。命边郡休士卒，偃旗鼓，寂然若不闻其声。声既不能动，则彼之计将出于形。除道翦棘，多为疑兵以临吾城，如此谓之形。深沟固垒，清野以待，寂然若不见其形。形又不能动，则技止此矣，将遂练兵秣马以出于实。实而与之战，破之易尔。彼之计必先出于声与形，而后出于实者。出于声与形，期我惧而以重赂请和也；出于实，不得已而与我战，以幸一时之胜也。夫勇者可以施之于怯，不可以施之于智。今夫叫呼跳踉以气先者，世之所谓善斗者也。虽然，蓄全力以待之，则未始不胜。彼叫呼者，声也；跳踉者，形也。无以待之，则声与形者亦足以乘人于卒；不然，徒自弊其力于无用之地，是以不能胜也。韩许公[14]节度宣武军，李师古忌公严整，使来告曰：“吾将假道伐滑。”公曰：“尔能越吾界为盗邪？有以相待，无为虚言。”滑帅告急，公使谓曰："吾在此，公安无恐。"或告除道翦棘，兵且至矣。公曰："兵来不除道也。"师古诈穷，迁延以遁。愚故曰：彼计出于声与形而不能动，则技止此矣。与之战，破之易耳。方今匈奴之君有内难，新立，意其必易与。邻国之难，霸王之资也。且天与不取，将受其弊。贾谊曰："大国之王，幼弱未壮，汉之所置傅相，方握其事。数年之后，大抵皆冠，血气方刚，汉之傅相以病而赐罢，当是之时而欲为安，虽尧舜不能。"呜呼，是七国之势也。

"审敌"也是《几策》中的一篇。文章分析了宋朝与周边少数民族国家的关系，反对宋朝苟且偷安，一味行贿的做法。苏洵认为，宋朝应采取断然措施，停止贿赂辽和西夏，不要怕他们发动战争，早打比晚打好，早打则祸小，晚打则祸大。

【注释】

①幸：侥幸于……

②冒顿：指冒顿单于，汉代时匈奴一支部落的首领。

③被：受。

④景德：宋真宗年号。

⑤章圣皇帝：指宋真宗皇帝。

⑥狃：安顺，习惯。

⑦狺然：狗叫的样子。

⑧为虺弗摧，为蛇奈何：当蛇小的时候不治住它，那么当它长大的时候该怎么办呢？虺，小蛇。

⑨词卑者进也，词强者退也：意思是说话态度卑下的人有进攻的意图，词语强硬者其实是准备退却。

⑩擅爵人：擅自为人封爵。爵，在这里用如动词。

⑪戴黄屋：罩着只有帝王才准用的车盖。黄屋，帝王车盖，以黄缯为盖里，故名。汉制，惟皇帝得用黄屋。

⑫章：同"彰"，明显。

⑬不与：不赞同。

⑭韩许公：指唐朝韩弘，唐顺宗永贞年间节度使。

心 术

为将之道[①]，当先治心[②]。泰山崩[③]于前而色不变，麋鹿兴于左而目不瞬[④]。然后可以制利害[⑤]，可以待[⑥]敌。

凡兵上义[⑦]；不义，虽利勿动[⑧]。非一动之为害，而他日将有所不可措手足也[⑨]。夫惟义可以怒[⑩]士，士以义怒，可兴百战。

凡战之道，未战养[⑪]其财，将战养其力，既战养其气，既胜养其心。谨烽燧[⑫]，严斥堠[⑬]，使耕者无所顾忌[⑭]，所以养其财；丰犒而优游之[⑮]，所以养其力；小胜益急[⑯]，小挫益厉[⑰]，所以养其气；用人不尽其所欲为，所以养其心[⑱]。故士常蓄其怒，怀其欲而不尽。怒不尽则有余勇，欲不尽则有余贪[⑲]。故虽并天下[⑳]，而士不厌兵[㉑]，此黄帝之所以七十战而兵不殆也[㉒]。不养其心，一战而胜，不可用矣。

凡将欲智而严，凡士欲愚。智则不可测，严则不可犯，故士皆委己[㉓]而听命，夫安得不愚？夫惟士愚，而后可与之皆死。

凡兵之动，知敌之主，知敌之将，而后可以动于险。邓艾缒兵于蜀中[㉔]，非刘禅之庸[㉕]，则百万之师可以坐缚，彼固有所侮[㉖]而动也。故古之贤将，能以兵尝敌[㉗]，而又以敌自尝[㉘]，故去就可以决[㉙]。

凡主将之道，知理而后可以举兵[㉚]，知势而后可以加兵，知节[㉛]而后可以用兵。知理则不屈，知势则不沮[㉜]，知节则不穷。见小利不动，见小患不避，小利小患，不足以辱吾技也[㉝]，夫然后可以支[㉞]大利大患。夫惟养技而自爱者，无敌于天下。故一忍可以支百勇，一静可以制百动。

兵有长短，敌我一也。敢问："吾之所长，吾出而用之，彼将不与吾校[㉟]；吾之所短，吾蔽而置之，彼将强与吾角[㊱]，奈何？"曰："吾之所短，吾抗而暴之[㊲]，使之疑而却；吾之所长，吾阴而养之[㊳]，使之狎[㊴]而堕其中，此用长短之术也。"

善用兵者，使之无所顾[㊵]，有所恃[㊶]。无所顾，则知死之不足惜；有所恃，则知不至于必败。尺棰[42]当猛虎，奋呼而操击；徒手遇蜥蜴[43]，变色而却步，人之情也。知此者，可以将[44]矣。袒裼[45]而按剑，则乌获[46]不敢逼；冠胄[47]衣甲，据兵[48]而寝，则童子弯弓杀之矣。故善用兵者以形固[49]。夫能以形固，则力有余矣。

本文选自《权书》。《权书》包括《心术》《法制》《强弱》《攻守》《用间》《孙武》《子贡》《六国》《项籍》《高祖》等十篇论说文。本文是《权书》的第一篇，论述了主将的修养以及有关的军事问题，其中包含了一些朴素的辩证法。

【注释】

①为将之道：即作为将领的统兵方法。

②治心：指思想修养和军事素质的锻炼。

③崩：倒塌。

④麋鹿兴于左而目不瞬：麋，鹿的一个种类。兴，起，这里是突然出现的意思。瞬，眨眼。

⑤制利害：控制利害得失。制，控，掌握。

⑥待：备，御。

⑦上义：崇尚正义。上，崇尚。

⑧虽利勿动：即使有利也不要行动。

⑨措：安放。

⑩怒：用作动词，激起义愤。

⑪养：积蓄。

⑫谨烽燧：慎重地搞好警报工作，谨，慎重小心。烽燧，烽火和烽烟，古代边防报警的两种信号。

⑬严斥堠：严格地做好放哨、瞭望工作。斥堠，侦察，候望。

⑭顾忌：瞻顾畏忌。顾，瞻顾，顾虑。忌，担心害怕。

⑮丰犒而优游之：丰犒，丰富的犒劳奖赏。优游之，使"之"优游，使他们悠闲自得地生活。优游，闲暇自得，舒畅自如。这里用作动词。

⑯小胜益急：打了个小胜仗，更要抓紧，不能松缓。益，更。急，紧张，不弛缓。

⑰小挫益厉：受到小的挫折，更应该奋起自厉。

⑱"用人"二句：用人时不要一下子满足他们所有的欲望，使他们总是有所希冀，去追

求胜利。掌握这种心理,就是养心之术。

⑲贪:贪图实现尚未达到的欲望。

⑳故虽并天下:虽,即使。并,原作“併”,兼并,合并。这里指打遍,取得。

㉑士不厌兵:士卒不厌战,保持旺盛的斗志。厌,厌恶。兵,战争,打仗。

㉒此黄帝之所以七十战而兵不殆也:黄帝,姓姬,号轩辕氏,又号有熊氏。尧、舜、夏、商、周相传都是黄帝的后裔,传说黄帝是中华民族的始祖,他曾用玉(坚石)作兵器,造车船弓矢。曾应炎帝之请大战九黎族的首领蚩尤,后又与炎帝发生三次大冲突,身经七十余战而士气旺盛。

㉓委己:委屈自己。委,曲,屈。

㉔邓艾缒兵于蜀中:邓艾,字士载,三国时义阴棘阳(今河南省新野县东北)人,任魏镇西将军。景元四年(263),同钟会分军灭蜀。邓艾秘密地选择了一条险路入蜀,战士们被用绳子拴住送下山去,灭了蜀国。缒,系在绳子上放下去。

㉕刘禅之庸:刘禅字公嗣,小字阿斗,涿县(今河北省涿县)人,刘备子。刘备死后,由诸葛亮辅佐继位,为蜀汉后主,为人昏庸无能,朝政腐败。炎兴元年(263),魏军迫近成都,他亲自出降,后被封为安乐公。

㉖侮:轻慢,瞧不起。

㉗以兵尝敌:决战前,用一小部分兵力去试探敌人的虚实。尝,尝试,试探。敌,指敌人的情况。

㉘以敌自尝:利用敌人的军事行动,来发现自己军队的情况。

㉙故去就可以决:去,率师离开,指不打仗。就,接触,靠近,指与敌人打仗。决,定。

㉚举兵:发兵。

㉛节:节制。

㉜沮:失败,沮丧。

㉝小利小患,不足以辱吾技也:小的利害得失,不值当我去施展技能,如果施展,就屈辱了我的技能。

㉞支:支撑。这里是对付,经受得了。

㉟校:较量。

㊱角:斗。

㊲抗而暴之:做出了强烈抵抗的样子。

㊳阴而养:暗地里培养。

㊴狎:轻忽。

㊵顾:顾虑。

㊶恃:依靠。

㊷尺棰:一尺来长的鞭子。棰,鞭子。

㊸蜥蜴:一种爬行动物,体表有细鳞,尾细长,有四肢,俗称“四脚蛇”。

㊹将:带兵。

㊺袒裼:脱去上衣,露出手臂。袒,裸露。裼,脱去上衣露出内衣或身体。

㊻乌获:古代有名的大力士。

㊼冠胄:冠,帽子,这里用作动词,戴。胄,头盔,古代战士作战时所戴的帽子。

㊽据兵:据,凭依,依靠。兵,武器。

㊾以形固:凭形势巩固自己的阵容。

六 国

六国[1]破灭，非兵[2]不利、战不善，弊在赂秦[3]。赂秦而力亏[4]，破灭之道也。

或曰[5]："六国互丧[6]，率[7]赂秦耶？"曰："不赂者以赂丧，盖失强援不能独完[8]，故曰：'弊在赂秦'也。"秦以攻取[9]之外，小则获邑[10]，大则得城。较秦之所得[11]，与战胜而得者，其实[12]百倍，诸侯之所亡，与战败而亡者，其实亦百倍。则秦之所大欲，诸侯之所大患，固[13]不在战矣。思厥先祖父，暴霜露、斩荆棘，以有尺寸之地，子孙视之不甚惜，举以予人，如弃草芥[14]。今日割五城，明日割十城[15]，然后得一夕安寝。起视四境，而秦兵又至矣。然则诸侯之地有限，暴秦之欲无厌[16]，奉之弥[17]繁，侵之愈急。故不战而强弱胜负已判[18]矣。至于颠覆[19]，理固宜然[20]。古人云："以地奉秦，犹抱薪救火，薪不尽，火不灭[21]。"此言得之[22]。

齐人未尝赂秦，终继五国迁灭[23]，何哉？与嬴[24]而不助五国也；五国既丧，齐亦不免矣。燕、赵之君，始[25]有远略，能守其土，义不赂秦，是故燕虽小国而后亡，斯[26]用兵之效也。至丹以荆卿为计，始速祸焉[27]。赵尝五战于秦，二败而三胜[28]，后秦击赵者再，李牧连却之[29]。洎牧以谗诛，邯郸为郡[30]，惜其用武而不终也。且燕、赵处秦革灭殆尽之际[31]，可谓智力孤危，战败而亡，诚不得已。向使三国[32]各爱其地，齐人勿附于秦，刺客[33]不行，良将[34]犹在，则胜负之数[35]，存亡之理[36]，当[37]与秦相较，或未易量[38]。

呜呼！以赂秦之地，封天下之谋臣，以事秦之心，礼天下之奇才，并力西向[39]，则吾恐秦人食之不得下咽也[40]。悲夫[41]！有如此之势而为秦人积威之所劫[42]，日削月割，以趋于亡，为国者[43]勿使为积威之所劫哉！

夫六国与秦皆诸侯，其势弱于秦，而犹有可以不赂而胜之之势；苟以天下之大[44]，下而从六国破亡之故事[45]，是又在六国下矣[46]。

这是一篇史学论文，主要论述战国时期齐、楚、燕、赵、韩、魏六国灭亡的原因在于“赂秦”，从而得出必须团结抗敌的历史教训，借以批评北宋朝廷屈辱求和的外交路线。

【注释】

①六国：即齐、楚、韩、赵、魏、燕。

②兵：兵器，武器。

③赂秦：向秦国行贿，这里指割土地给秦国。

④力亏：指国家力量的亏损。

⑤或曰：有人说，这是设问。

⑥六国互丧：六国彼此都灭亡了。

⑦率：一概，全部。

⑧盖失强援不能独完：盖，发语词，用在句首，下面陈述理由。独完，单独保全。完，完整无损。

⑨以攻取：用战争夺取。

⑩邑：小城。下句的“城”，指大城。

⑪所得：即“得所”。所，代词，代“贿赂”。

⑫其实：它的实际(数量)。

⑬固：本来，原本。

⑭“思厥”六句：思，句首助词，无意。厥，其，他们。先，祖先。祖父，泛指祖辈父辈。暴，暴露，这里有冒着，不避之意。斩荆棘，披荆斩棘，这里比喻创业的艰难。举，皆，都。予，同“与”，给。草芥，比喻轻微的东西。

⑮今日割五城，明日割十城：概括地叙说六国割城赂秦的情况。

⑯厌：同“餍”，饱，引申为满足。

⑰弥：越，更加。

⑱判：分明，判定。

⑲至于颠覆：直到灭亡。

⑳宜然：应该这样。

㉑“古人”五句：古人，指战国时的苏代、孙臣等人。苏代是苏秦的弟弟，极力游说六国“合纵”抗秦。

㉒此言得之：这话说得对。

㉓迁灭：灭亡。迁，改变。

㉔与嬴：和秦国结交联合。与，相与，结交。

㉕始：起初。

㉖斯：这。

㉗“至丹”三句：至，到。丹，燕太子丹。荆卿，即荆轲。卿，敬词。公元前 227 年，燕太子丹派勇士荆轲以献地图为名，刺杀秦王，没有成功，荆轲被杀。于是秦国大举进攻燕国，燕国遂亡。

㉘赵尝五战于秦，二败而三胜：这是一种约略的说法，实际上，秦、赵不止五战，赵国也不止失败二次。这里的用意是说，只要坚决抗秦，就能胜利。

㉙后秦击赵者再，李牧连却之：再，二次。却，打退。李牧，赵国的良将，领兵抗秦，屡立战功，被封为“武安君”。

㉚洎牧以谗诛，邯郸为郡：洎，同“及”，等到。诛，杀，这里是被杀。据《史记·李牧列传》记载，公元前 229 年，秦将王翦攻赵，李牧领兵连败秦军，秦用“反间计”，重金买通赵王宠臣郭开，郭诬陷李牧谋反，赵王听信谗言，派人夺李牧兵权。李牧不受命，被杀。李牧既死，秦兵灭赵，秦始皇十九年（公元 228 年），秦置邯郸郡，即秦灭赵后，把邯郸（代指赵国）变成秦国的一个郡。郡，古代行政区域。

㉛革灭殆尽：革灭，消灭，灭亡。殆，几乎，差不多。

㉜向使三国：向，以前。使，假若。三国，指韩、魏、楚。

㉝刺客：指荆轲。

㉞良将：指李牧。

㉟胜负之数：胜败的命运。数。定数，命运。

㊱理：可能性。

㊲当：应当。

㊳量：判断、估计。

㊴并力西向：协力对付西面的秦国。

㊵食之不得下咽：食，动词，吃，吞。不得下咽，咽不下去。

㊶悲夫：真可悲啊！

㊷积威之所劫：积威，久积的威势。劫，胁迫，挟制。

㊸为国者：治理国家的人。为，动词，治理。

㊹苟以天下之大：苟，假若。天下，指北宋时国家的版图。

㊺下而从六国破亡之故事：降低而重蹈六国灭亡的覆辙。下，降低，指大宋朝把自己降低到六国（诸侯国）的地位。从，随，这里是“蹈袭”的意思。故事，过去的事，前例。

㊻是又在六国下矣：这又在六国之下了。

项　籍

吾尝论项籍[①]有取天下之才，而无取天下之虑[②]；曹操[③]有取天下之虑，而无取天下之量[④]；刘备[⑤]有取天下之量，而无取天下之才。故三人者，终其身无成焉。且夫不有所弃[⑥]，不可以得天下之势；不有所忍，不可以尽天下之利。是故地有所不取，城有所不攻，胜有所不就，败有所不避。其来不喜，其去不怒，肆天下之所为，而徐制其后[⑦]，乃克有济[⑧]。

呜呼！项籍有百战百胜之才，而死于垓下[⑨]，无惑也。吾观其战于钜鹿也[⑩]，见其虑之不长，量之不大，未尝[⑪]不怪其死于垓下之晚也。方[⑫]籍之渡河，沛公始整兵向关[⑬]。籍于此时，若急引军趋[⑭]秦，及其锋而用之，可以据咸阳[⑮]，制天下[⑯]。不知如此，而区区与秦将争一旦之命[⑰]。既全钜鹿，而犹徘徊河南[⑱]、新安间，至函谷，则沛公入咸阳数月矣。夫秦人既已安沛公而雠[⑲]籍，则其势不得强而臣。故籍虽迁沛公汉中而卒都彭城[⑳]，使沛公得还定三秦[㉑]，则天下之势，在汉不在楚。楚虽百战百胜，尚何益哉？故曰：兆[㉒]垓下之死者，钜鹿之战也。或曰[㉓]：“虽然[㉔]，籍必能入秦乎？”曰：“项梁死，章邯谓楚不足虑，故移兵伐赵，有轻楚心，而良将劲兵，尽于钜鹿[㉕]。籍诚能以必死之士，击其轻敌寡弱之师，入之易耳。且亡秦之守关，与沛公之守，善否可知也。沛公之攻关，与籍之攻，善否又可知也。以秦之守，而沛公攻入之；沛公之守，而籍攻入之，然则亡秦之守，籍不能入哉[㉖]？”

或曰：“秦可入矣，如救赵何？”曰：“虎方捕鹿，罴据其穴[㉗]，搏其子，虎安得不置鹿而返[㉘]，返则碎于罴[㉙]，明矣。军志所谓攻其必救也[㉚]。使籍入关，王离、涉间必释[㉛]赵自救，籍据关逆击其前，赵与诸侯救者十余壁蹑其后[㉜]，覆之必矣。是籍一举解赵之围，而收功于秦也。战国时，魏伐赵，齐救之，田忌引兵疾走大梁，因存赵而破魏[㉝]。彼宋义号知兵，殊不达此，屯安阳[㉞]不进，而曰待秦敝。吾恐秦未敝，而沛公先据关矣。籍与义俱失焉。”

是故,古之取天下者,常先图所守。诸葛孔明弃荆州而就西蜀,吾知其无能为也[35]。且彼未尝见大险也。彼以为剑门[36]者,可以不亡也。吾尝观蜀之险,其守不可出,其出不可继,兢兢[37]而自完,犹且不给。而何足以制中原哉?若夫秦、汉之故都,沃土千里,洪河大山,真可以控天下,又乌事夫不可以措足如剑门者,而后曰险哉[38]?今夫富人,必居四通五达[39]之都,使其财布出于天下,然后可以收天下之利。有小丈夫者,得一金椟而藏诸家[40],拒户而守之。呜呼,是求不失也,非求富也。大盗至,劫而取之,又焉知[41]其果不失也?

本文亦出自《权书》。作者从战略的角度论述了项羽失败的原因。文章开头先立论,然后层层论述,文章生动形象。

【注释】

①项籍:字羽,下相(今江苏宿迁县)人,出身于楚国贵族。秦末随叔父项梁在吴(今江苏苏州)起义。项梁战死后,他杀死卿子冠军宋义,夺取领导权,钜鹿之战,大破秦军。灭秦后,逆拒全国统一之大势,大封诸侯王,封刘邦为汉王,自立为西楚霸王。楚汉战争中,与刘邦争天下,被击败,自杀于乌江边上。

②虑:思考、谋划、策略。

③曹操:魏武帝。字孟德,小字阿瞒,谯(今安徽省亳县)人。三国时著名的政治家、军事家、文学家。

④量:容纳的限度,指人的器量、度量、胸怀。

⑤刘备:蜀汉昭烈帝。字玄德,涿县(今河北省涿县)人,西汉远支皇族。与孙权联兵,在赤壁击败曹军,三足鼎立之势形成。

⑥弃:放弃、失。与“得”相对。

⑦徐制其后:意即“后发制人”。徐,缓。

⑧乃克有济:才能有所成就。克,能。济,成功。

⑨死于垓下:据《史记·项羽本纪》,项王被汉军重重包围在垓下,夜闻四面楚歌。项羽吟《垓下歌》,别姬,向南突围,陷大泽中,眼看汉军就要追来,只有东渡乌江,“乌江亭长檥船待”,谓项王曰:“愿大王急渡。”项王笑曰:“天下亡我,我何渡为?”乃自刎而死。

⑩吾观其战于钜鹿：据《史记·项羽本纪》，秦大将章邯击赵，令王离、涉间围钜鹿，自己在其南筑甬道运输粮草。楚王令宋义为上将军、项羽为次将、范增为末将救赵。行至安阳，停留四十六天不进，项羽心急如焚，矫楚王令杀宋义，楚王被迫任命项羽为上将，统率大军。这时，"项羽乃悉引军渡河，皆沉船破釜甑，烧庐舍，持三日粮，以示士卒必死，无一还心。于是至则围王离，与秦军遇，九战，绝其甬道，大破之。杀苏角，虏王离。涉间不降楚，自烧杀。当是时，楚兵冠诸侯。"钜鹿，地名，在今河北省平乡县。

⑪未尝：不曾。

⑫方：正当。

⑬沛公始整兵向关：沛公，即刘邦。整兵向关，事见《史记·高祖本纪》。楚王令宋义、项羽、范增等北救赵，又令沛公西入关击秦，与诸将约定，谁先平定关中谁当王。刘邦先入关。关，函谷关，在今河南省灵宝县西南。

⑭趋：急走。这里是奔赴、打向。

⑮据咸阳：据，占领。咸阳，秦之都城，在今陕西省咸阳市。

⑯制天下：控制天下。

⑰与秦将争一旦之命：指项羽杀秦降卒事。据《史记·项羽本纪》记载，项羽将入关，恐秦之降卒不服，于是在新安城南，连夜坑杀秦降卒二十余万人。一旦，一个早晨。

⑱河南：河南府，故城在今河南省洛阳市西。

⑲雠：同"仇"，仇恨。

⑳迁沛公汉中而卒都彭城：灭秦后，项王大封诸侯，负约（"先定关中，王之"之约），封刘邦为汉王，都南郑。项羽自立为西楚霸王，都彭城。迁，徙封。卒，终于、最后。彭城，今江苏省徐州市。

㉑还定三秦：据《史记·高祖本纪》，汉元年（公元前206年）八月，汉王刘邦用韩信之计，收复、平定三秦。三秦，原为秦降将章邯、司马欣、董翳等三人所封之地，后泛指今陕西省一带地方。

㉒兆：预兆、征兆。

㉓或曰：有人说。这是作者的设问。或，无定代词，代"有的人"，"某人"。

㉔虽然：即使这样。

㉕"项梁"六句：秦将章邯大破项梁军，产生了轻敌思想。项梁，原楚国将领项燕的儿子，项羽的叔父。秦末，他们叔侄起兵反秦，立楚怀王的孙子心为王，仍称楚怀王，项梁自号武信君，后被章邯击败身死。章邯，秦末大将，投降项羽后被封为雍王。后被刘邦击败自杀。虑，忧。

㉖"以秦"六句：意思是沛公能攻破秦兵把守的函谷关，项羽能攻破沛公军把守的函谷

关，难道项羽就不能攻破秦兵把守的函谷关吗？

㉗罴据其穴：罴，熊的一种。其，代词，代虎。

㉘虎安得不置鹿而返：虎怎能不放弃鹿而返回自己的洞穴。安得，怎能。不置，放在一边不管。

㉙碎于罴：被罴撕碎吃掉。

㉚"军志"句：军志，指《孙子兵法》。其中《虚实篇》中说："故我欲战，敌虽高垒深沟不得不与我战者，攻其所必救也。"

㉛释：放弃。

㉜十余壁蹑其后：壁，壁垒。蹑，跟在后面。

㉝"战国"五句：围魏救赵的故事，见《史记·孙子列传》：魏伐赵，赵请求齐国援助。齐威王派田忌为将，孙膑为军师，领兵救赵。孙膑不把军队开赴赵国，反而将军队开赴魏国的国都大梁。结果围攻赵国的魏军急忙赶回来保卫国都，被齐军打得大败。田忌，齐国大将。疾走，快跑，这里指急行军。大梁，魏国国都，在今河南省开封市。

㉞安阳：地名，在今山东省曹县。

㉟"诸葛"二句：诸葛，复姓。诸葛亮，字孔明，琅琊阳都（今山东省沂水县南）人。三国时著名的政治家、军事家、文学家。他曾辅佐刘备，建立蜀汉，任丞相。著有《诸葛亮集》。荆州，州治在今湖北省江陵县。西蜀，指四川省西部地区。

㊱剑门：剑门关，在今四川省剑阁县。

㊲兢兢：小心谨慎的样子。

㊳"若夫"六句：若夫，在一句或一段的开头，引起议论的发语词。秦、汉之故都，指咸阳、长安。班固《两都赋》写到长安时说："左据函谷、二崤之阻，表以太华、终南之山，右界褒斜、陇首之险，带以洪河、泾、渭之川。"沃土千里，指秦地肥沃、富足。

㊴四通五达：形容交通方便，畅通无阻。

㊵椟而藏诸家：椟，木匣。诸，"之于"的合字，古汉语中的兼词，既作代词"之"用，又作介词"于"用。

㊶焉知：如何知道。焉，如何，怎么。

高　祖

汉高祖[①]挟数用术[②]，以制[③]一时之利害，不如陈平[④]；揣摩[⑤]天下之势，举指摇目[⑥]，以劫制[⑦]项羽，不如张良[⑧]；微[⑨]此二人，则天下不归汉，而高帝乃木强[⑩]之人而止耳。然天下已定，后世子孙之计，陈平、张良智之所不及；则高帝常先为之规划处置[⑪]，以中[⑫]后世之所为。晓然[⑬]如目见其事而为之者。盖高帝之智，明于大而暗于小，至于此而后见也。

帝尝语吕后曰[⑭]："周勃厚重少文；然安刘氏必勃也，可令为太尉[⑮]。"方是时[⑯]，刘氏既安矣，勃又将谁安邪？故吾之意曰："高帝之以太尉属勃也，知有吕氏之祸也[⑰]。"

虽然[⑱]，其不去[⑲]吕后，何也？势[⑳]不可也。昔者武王没[㉑]，成王幼[㉒]，而三监叛[㉓]。帝意百岁后[㉔]，将相大臣及诸侯王，有武庚禄父者[㉕]，而无有以制之也；独计以为家有主母[㉖]，而豪奴悍婢[㉗]，不敢与弱子[㉘]抗。吕后佐[㉙]帝定天下，为大臣素[㉚]所畏服，独此可以镇压其邪心，以待嗣子[㉛]之壮；故不去吕后者，为惠帝计也。

吕后既不可去，故削其党[㉜]，以损其权，使虽有变，而天下不摇；是故以樊哙[㉝]之功，一旦遂欲斩之而无疑。呜呼！彼其独于哙不仁邪？且哙与帝偕起，拔城陷阵，功不为少矣。方亚父[㉞]嗾项庄时，微哙诮让羽，则汉之为汉，未可知也。一旦人有恶哙欲灭戚氏者，时哙出伐燕，立命平、勃即斩之[㉟]。

夫哙之罪，未形也[㊱]；恶之者诚伪[㊲]，未必也[㊳]。且高帝之不以一女子斩天下之功臣，亦明矣[㊴]。彼其娶于吕氏[㊵]，吕氏之族，若产、禄辈[㊶]，皆庸才不足恤[㊷]；独哙豪健，诸将所不能制，后世之患[㊸]，无大于此矣。

夫高帝之视吕后也，犹医者之视堇[㊹]也；使其毒可以治病，而无至于杀人而已矣。樊哙死，则吕氏之毒，将不至于杀人。高帝以为是足以死而无忧矣，彼平、勃者，遗其忧者也[㊺]。哙之死于惠之六年也[㊻]，天也；使其尚在[47]，则吕禄不可绐，太尉不得入北军矣[48]。

或谓[49]哙于帝最亲，使之尚在，未必与产、禄叛。夫韩信[50]、黥布[51]、卢绾[52]，皆南面称孤[53]，而绾又最为亲幸；然及高祖之未崩也，皆相继以逆诛；谁谓百岁之后，椎埋屠狗之人，见其亲戚乘势为帝王，而不欣然[54]从之邪？吾故曰："彼平、勃者，遗其忧者也。"

本文是《权书》十篇的最后一篇。文章认为高祖在政治、军事方面不如陈平、周勃，而在"为子孙计"方面，高帝之智，是平、勃所不及的。文章内容错综而条理清楚，别具特色。

【注释】

①高祖：刘邦的庙号。刘邦是西汉开国皇帝，功劳最高，因此尊他为"高皇帝"，简称"高帝"，建立"高祖庙"，因称汉高祖。

②挟数用术：掌握规律性，利用帝王之术。挟，挟持，掌握。数，规律性。术，使用和控制群臣的策略和手段。

③制：控制。

④陈平：阳武（今河南省原阳县）户牖乡人，曾在项羽下任都尉，后来逃入刘邦军中，得到重用，曾任护军中尉，监督所有将领。是刘邦身边一个足智多谋的助手，西汉前期的重要谋臣。

⑤揣摩：《国策·秦策》："苏秦得太公《阴符》之谋，伏而诵之，简练以为揣摩。"引申为考虑、估计、猜度。

⑥举指摇目：指点观望，意思是出谋划策，指挥作战。

⑦劫制：威逼制服，引申为战胜。

⑧张良：字子房，刘邦身边的决策人物。刘邦曾说："运筹帷幄之中，决胜于千里之外，吾不如子房。"封于留（今江苏省沛县东南），称"留侯"。

⑨微：非，无，如果没有。

⑩木强：性格耿直刚强。

⑪规划处置：谋划安排。

⑫中：适应，符合。

⑬晓然：清楚明白的样子。

⑭帝尝语吕后：帝，高帝，汉高祖刘邦。语，用作动词。吕后，吕雉，刘邦的妻子，孝惠帝刘盈的母亲。曾佐高祖定天下。刘邦死后，她掌握朝政，实际上是一个女皇帝。

她曾残害刘邦后代及西汉开国老臣，大封吕氏宗族，酿成了后来的诸吕之乱。

⑮“周勃”句：周勃，祖籍卷（今河南省原阳县），迁沛（今江苏省沛县），随刘邦起兵反秦，转战南北，是西汉开国和安刘的重臣，官至太尉（全国最高军事长官）。吕后死后，诸吕阴谋篡权，周勃身为太尉，但已被剥夺兵权，在这关键时刻，他不顾个人安危，闯入“北军”，夺取兵权，消灭诸吕，迎刘恒作皇帝，即汉文帝，史称“周勃安刘”。后继陈平为丞相，为人“木强敦厚”，“重武轻文”。封于绛（今山西省曲沃县），号“绛侯”。

⑯方是时：正当这个时候，指刘邦说这句话的时候。

⑰吕氏之祸：刘邦死后，吕后执政，大封吕氏宗族为王，掌握政权、军权。吕氏死后，诸吕阴谋叛乱，篡夺刘氏政权。

⑱虽然：既然如此，那么。

⑲去：去掉，铲除。

⑳势：形势，时机。

㉑武王没：武王，周武王，姬发，文王子，公元前 1066 年率兵灭商，建立周朝。没，同“殁”，死。

㉒成王：周成王，姬诵，公元前 1063 年继武王而立。

㉓三监叛：武王伐纣取得胜利后，封纣的儿子武庚作诸侯，从而分商地为三部，命令自己的兄弟管叔、蔡叔、霍叔各据一部，监视武庚，称为“三监”，后背叛，被周公“废黜”。

㉔帝意百岁后：帝，指武王姬发。百岁后，死后。百岁，百年。古人认为一般人活一百年左右就自然老死，为了避讳“死”字，说成“百岁后”。

㉕武庚：字禄父，殷纣王之子，殷亡后，被周武王封为诸侯。

㉖主母：指成王诵之母，武王之妻。

㉗豪奴悍婢：豪，强横。奴，奴仆。婢，女仆。

㉘弱子：指年幼的成王姬诵。

㉙佐：辅助。

㉚素：平素、素常。

㉛嗣子：继承王位的儿子，这里指惠帝刘盈。

㉜党：集团、党徒、党羽。

㉝樊哙：刘邦的同乡，屠狗出身，随刘邦起兵反秦，身经百战，屡立战功，是刘邦手下一员猛将。曾任右丞相。吕后将其妹吕媭嫁给樊哙，是吕氏集团中有力的重要人物。封于舞阳（今河南省武阳县），号“武阳侯”。

㉞亚父：指范增，好奇计，七十岁上往说项梁，从军，是项梁、项羽的重要谋臣，由于年

高望重，项羽尊他为“亚父”。

㉟“一旦”句：一旦，一朝，有那么一天。恶，讨厌，反感。欲，打算，想要。戚氏，即戚夫人，刘邦的爱妃，赵王如意的母亲，刘邦死后，被吕后残害而死。

㊱未形：未成形，即没有形成事实。

㊲诚伪：的确是假设。

㊳未必：不一定。

㊴“且高”句：高祖刘邦不是因为樊哙欲杀戚氏才令人斩他的。隐含杀樊哙的原因，是由于他是吕氏集团中的惟一难对付的猛将。不以，不是因为。一女子，指戚氏。功臣，指樊哙。

㊵彼其娶于吕氏：指樊哙娶吕后的妹妹吕嬃为妻。

㊶若产、禄辈：像产、禄等人。产，吕产，吕后的侄孙，被吕后封为梁王，为汉相国，实际上掌握政权；禄，吕禄，吕后的侄子，被吕后封为赵王，为上将军，实掌兵权。吕后死后，诸吕欲反刘篡权，被周勃等诛杀。

㊷皆庸才不足恤：皆，全，都。庸，平庸无能。恤，忧虑，担心。

㊸患：祸患，灾难。

㊹堇：药名，即“乌头”，有毒，适量可治病，过量则毒杀人。

㊺“高帝”句：高帝刘邦认为杀了樊哙，就可以死而放心了。但是陈平、周勃没有立即杀死樊哙，故遗留后患，使人担忧。遗，留下来。

㊻惠之六年：汉惠帝刘盈六年，即公元前 193 年，樊哙死于此年。

㊼使其尚在：假设他(樊哙)还活着。

㊽“则吕”句：绐，哄骗、欺骗。太尉，周勃时任太尉，但已无兵权。

㊾或谓：同“或曰”，有人说。表示设问。

㊿韩信：秦末淮阴(今江苏省淮阴市)人，先随项羽，不被重视，又投靠刘邦，拜为大将军，南征北战，自立为齐王，刘邦徙封为楚王，后降为淮阴侯。高祖十一年(公元前 196 年)，因谋反被吕后所杀。

51黥布：秦末六县(今安徽省六安县)人，原名英布，因犯法受过黥刑(面上刺字)，所以又叫“黥布”。秦末率刑徒起兵，先随项羽，是一员猛将，被封为九江王。后降汉，被封为淮南王。高祖十二年(公元前 195 年)举兵反叛，战败被杀。

52卢绾：刘邦的同乡，好朋友。随刘邦起兵，被封为燕王，因反叛被汉兵打败，逃往匈奴，被匈奴单于封为东胡卢王，死于匈奴。

53南面称孤：南面，古代以面向南为尊贵，帝王的座位面向南，故称帝位为“南面”。称孤，称帝。孤，古代王、侯自称。

54欣然：高兴的样子。

远　虑

圣人之道，有经[1]，有权[2]，有机[3]；是以有民，有群臣，而又有腹心之臣。曰经者，天下之民举知之可也；曰权者，民不得而知矣，群臣知之可也；曰机者，虽群臣亦不得而知矣，腹心之臣知之可也。夫使圣人而无权，则无以成天下之务；无机，则无以济万世之功。然皆非天下之民所宜知。而机者，又群臣所不得闻。群臣不得闻，谁与议？不议不济。然则所谓腹心之臣者，不可一日无也。后世见三代取天下以仁义，而守之以礼乐也，则曰圣人无机。夫取天下与守天下，无机不能。顾三代圣人之机，不若后世之诈，故后世不得见耳。有机与，是以有腹心之臣。禹有益，汤有伊尹，武王有太公望。是三臣者，闻天下之所不闻，知群臣之所不知，禹与汤、武倡其机于上，而三臣共和之于下，以成万世之功。下而至于桓、文，有管仲、狐偃为之谋主；阖庐有伍员，勾践有范蠡、大夫种。高祖之起也，大将任韩信、黥布、彭越，裨将任曹参、樊哙、滕公、灌婴，游说诸侯任郦生、陆贾、枞公，至于奇机密谋，群臣所不与者，惟留侯、酂侯二人。唐太宗之臣多奇才，而委之深、任之密者，亦不过曰房、杜[4]。夫君子为善之心与小人为恶之心，一也。君子有机以成其善，小人有机以成其恶。有机也，虽恶亦或济；无机也，虽善亦不克。是故腹心之臣，不可以一日无也。司马氏，魏之贼也，有贾充之徒为之腹心之臣以济。陈胜、吴广，秦民之汤、武也，无腹心之臣以不克。何则？无腹心之臣者，无机也，有机而泄也。夫无机与有机而泄者，譬如虎豹食人而不知设陷阱，设陷阱而不知以物覆其上者也。或曰：机者创业之君所假以济耳；守成之世[5]，其奚事机而安用夫腹心之臣？呜呼，守成之世，能遂熙然如太古之世矣乎？未也，吾未见机之可去也。且夫天下之变，常伏于燕安，田文所谓“主少国危，大臣未附”，如此等事，何世无之？当是之时，而无腹心之臣，可为寒心哉！昔者高祖之末，天下既定矣，而又以周勃遗孝惠、孝文。武帝之末，天下既治矣，而又以霍光遗孝昭、孝宣。盖天下虽有泰山之势，而圣人常以累卵为心。故虽守成之世，而腹心之臣不可去也。《传》曰“百官总己以听于冢宰”。彼冢宰者，非腹心之臣，天子安能举天下之事委之三年，而不置疑于其间邪？又曰“五载一巡狩”，彼无腹心之臣，五载一出，捐千里之畿，而谁与守邪？今夫一家之中，必有宗老，一介之士，必有密友，以开胸心，以济缓急。奈何天子而无腹心之臣乎？近世之君抗然于上，而使宰相眇然于下，上下不接，而其志不通矣。臣视君如天之辽然而不可亲，而君亦如天之视人，泊然无爱之之心也。是以社稷之忧，彼不以为忧；社稷之喜，彼不以为喜。君忧不辱，君辱不死。一人誉之则用之，一人毁之则舍之。宰相避嫌畏讥且不暇，何暇尽心以忧社稷？数迁数易，视相府如传舍[6]。百官泛泛于下，而天子茕茕于上。一旦有卒然之忧，吾未见其不颠沛而殒越也。圣人之任腹心之臣也，尊之如父师，爱之如兄弟，握手入卧内，同起居寝食，知无不言，言无不尽，百人誉之不加密，百人毁之不加疏，尊其爵，厚其禄，重其权，而后可以议天下之机，虑天下之变。太祖之用赵中令也，得其道矣。近者寇莱公亦诚其人，然与之权轻，故终以见逐，而天下几有不测之变。然则其必使之可以生人杀人而后可也。

《远虑》是《衡论》中的第一篇。《衡论》共有十篇。在这些文章中，苏洵从各个侧面论述了自己的政治革新观点。至和二年，他初见张方平，就献上了这部书，得到了张方平的激赏。

在《远虑》一文中，苏洵反复论述皇上要有腹心大臣，要关心爱护和信任他们，这样国家才能长治久安。

【注释】

①经：指经略。

②权：权势。

③机：关键、要点。

④房、杜：分指唐太宗宰相房玄龄，杜如晦。

⑤守成之世：处于遵守已成章法即可治国之世。

⑥传舍：驿站。

御 将

人君御臣，相易而将难。将有二，有贤将，有才将，而御才将尤难。御相以礼，御将以术；御贤将之术以信，御才将之术以智。不以礼，不以信，是不为也；不以术，不以智，是不能也。故曰：御将难，而御才将尤难。六畜，其初皆兽也，彼虎豹能搏、能噬，而马亦能蹄，牛亦能触，先王知能搏、能噬者不可以人力制，故杀之；杀之不能，驱之而后已。蹄者可驭以羁绁，触者可拘以楅衡[①]，故先王不忍弃其才而废天下之用。如曰是能蹄，是能触，当与虎豹并杀而同驱，则是天下无骐骥，终无以服乘邪。先王之选才也，自非大奸剧恶如虎豹之不可以变其搏噬者，未有不欲制之以术，而全其才以适于用。况为将者，又不可责以廉隅细谨，顾其才何如耳。汉之卫、霍[②]、赵充国，唐之李靖、李勣，贤将也；汉之韩信、黥布、彭越，唐之薛万彻、侯君集、盛彦师，才将也。贤将既不多有，得才者而任之可也。苟又曰是难御，则是不肖者而后可也。结以重恩，示以赤心，美田宅，丰饮馔，歌童舞女，以极其口腹耳目之欲，而折之以威，此先王之所以御才将也。近之论者或曰：将之所以毕智竭虑，犯霜露，蹈白刃而不辞者，冀赏耳。为国家者，不如勿先赏以邀其成功。或曰：赏所以使人，不先赏，人不为我用。是皆一隅之说，非通论也。将之才固有小大：杰然于庸将之中者，才小者也；杰然于才将之中者，才大者也。才小志亦小，才大志亦大。人君当观其才之大小，而为之制御之术，以称其志。一隅之说，不可用也。夫养骐骥者，丰其刍粒[③]，洁其羁络，居之新闲，浴之清泉，而后责之千里。彼骐骥者，其志常在千里也，夫岂以一饱而废其志哉？至于养鹰则不然，获一雉，饲以一雀；获一兔，饲以一鼠。彼知不尽力于击搏，则其势无所得食，故然后为我用。才大者，骐骥也，不先赏之，是养骐骥者饥之而责其千里，不可得也；才小者，鹰也，先赏之，是养鹰者饱之而求其击搏，亦不可得也。是故先赏之说，可施之才大者；不先赏之说，可施之才小者；兼而用之可也。昔者汉高祖一见韩信而授以上将，解衣衣之，推食哺之。一见黥布，而以为淮南王，供具饮食如王者。一见彭越，而以为相国。当是时，三人者未有功于汉也，厥后追项籍垓下。与信约期而不至，捐数千里之地以畀之，如弃敝履。项氏未灭，天下未定，而三人者极富贵矣。何则？高帝知三人者之志大，不极于富贵，则不为我用。虽极于富贵而不灭项氏，不定天下，则其志不已也。至于樊哙、滕公、灌婴之徒则不然，拔一城，陷一阵，而后增数级之爵，否则，终岁不迁也。项氏已灭，天下已定，樊哙、滕公、灌婴之徒，计百战之功，而后爵之通侯。夫岂高帝至此而啬哉？知其才小而志小，虽不先赏，不怨；而先赏之，则彼将泰然自满，而不复以立功为事故也。噫，方韩信之立于齐，蒯通、武涉之说未去也，当此之时而夺之王，汉其殆哉！夫人岂不欲三分天下而自立者？而彼则曰："汉王不夺我齐也。"故齐不捐，则韩信不怀④；韩信不怀，则天下非汉之有。呜呼，高帝可谓知大计矣。

苏洵在这篇文章中谈论了君主应如何驾御将领的问题。他认为，人君易驾御属臣、宰相，而大将难御。他把将分为贤将和才将两种，建议国君应分别采取不同的手段加以驾御。

【注释】

①楅衡：控制牛的用具。加在牛角上以防触人的横木叫"楅"。将绳穿进牛鼻便于牵引的叫"衡"。

②卫、霍：分指汉代大将卫青、霍去病。

③刍粒：牲口吃的粮食。

④怀：怀恩。

任相

古之善观人之国者，观其相何如人而已。议者常曰：将与相均。将特一大有司耳，非相侔[①]也。国有征伐，而后将权重；有征伐，无征伐，相皆不可一日轻。相贤邪，则群有司皆贤，而将亦贤矣；将贤邪，相虽不贤，将不可易也。故曰：将特一大有司耳，非相侔也。任相之道与任将不同。为将者大概多才而或顽钝无耻，非皆节廉好礼，不可犯者也。故不必优以礼貌，而其有不羁不法之事，则亦不可以常法御。何则？豪纵不趋约束者，亦将之常态也。武帝视大将军，往往踞厕，而李广利破大宛侵杀士卒之罪，则寝[②]而不问。此任将之道也。若夫相，必节廉好礼者为也，又非豪纵不趋约束者为也，故接之以礼而重责之。古者相见于天子，天子为之离席起立；在道，为之下舆；有病，亲问；不幸而死，亲吊。待之如此其厚。然其有罪，亦不私也。天地大变，天下大过，而相以不起闻矣；相不胜任，策书至而布衣出府，免矣；相有他失，而栈车牝马归以思过矣。夫接之以礼，然后可以重其责而使无怨言；责之重，然后接之以礼而不为过。礼薄而责重，彼将曰：主上遇我以何礼，而重我以此责也，甚矣。责轻而礼重，彼将遂驰然不肯自饬。故礼以维其心，而重责以勉其怠，而后为相者莫不尽忠于朝廷而不恤其私。吾观贾谊书，至所谓"长太息"者，常反复读不能已。以为谊生文帝时，文帝遇将相大臣不为无礼，独周勃一下狱，谊遂发此。使谊生于近世，见其所以遇宰相者，则当复何如也？夫汤、武之德，三尺竖子皆知其为圣人，而犹有伊尹、太公者为师友焉。伊尹、太公非贤于汤、武也，而二圣人者特不顾以师友之，以明有尊也。噫，近世之君姑勿责于此，天子御坐见宰相而起者有之乎？无矣。在舆而下者有之乎？亦无矣。天子坐殿上，宰相与百官趋走于下，掌仪之官名而呼之，若郡守召胥吏耳，虽臣子为此亦不为过，而尊尊贵贵之道，不若是亵也。夫既不能接之以礼，则其罪之也。吾法将亦不得用。何者？不果于用礼而果于用刑，则其心不服。故法曰：有某罪则加之以某刑。及其免相也，既曰有某罪，而刑不加焉，不过削之以官，而出之大藩镇，此其弊皆始于不为之礼，贾谊曰："中罪而自驰，大罪而自裁。"夫人不我诛，而安忍弃其身，此必有大愧于其君。故人君者，必有以愧其臣，故其臣有所不为。武帝尝以不冠见平津侯[3]，故当天下多事，朝廷忧惧之际，使石庆[4]得容于其间而无怪焉。然则必其待之如礼，而后可以责之如法也。且吾闻之，待以礼而彼不自效以报其上，重其责而彼不自勉以全其身，安其禄位，成其功名者，天下无有也。彼人主傲然于上，不礼宰相以自尊大者，孰若使宰相自效以报其上之为利？宰相利其君之不责而丰其私者，孰若自勉以全其身，安其禄位，成其功名之为福？吾又未见去利而就害，远福而求祸者也。

此文也是《衡论》中的一篇。

苏洵认为将、相都很重要，但比较起来，择相比择将更重要，因为宰相如何，关系着百官是否贤能，不论是战时还是平时，都特别重要，应慎重选择，一经选定，国君就应充分信任他，使之真正发挥作用。

【注释】

①相侔：相当，相等。

②寝：搁置起来。

③平津侯：指公孙弘。

④石庆：汉窦太后时任内史，曾作过太仆，武帝出行，问车中有几匹马，石庆以马鞭数马毕，举手曰："六马"，为人谨慎。出为齐相，齐大治。由沛守，入为太子太傅，兼御史大夫。

重　远

武王不泄迩[1]，不忘远，仁矣乎？曰：非仁也，势也。天下之势犹一身，一身之中，手足病于外，则腹心为之深思静虑于内，而求其所以疗之之术；腹心病于内，则手足为之奔掉于外，而求其所以疗之之物。腹心、手足之相救，非待仁而后然。吾故曰：武王之不泄迩，不忘远，非仁也，势也。势如此其急，而古之君独武王然者，何也？人皆知一身之势，而武王知天下之势也。夫不知一身之势者，一身危；而不知天下之势者，天下不危乎哉？秦之保关中，自以为子孙万世帝王之业，而陈胜、吴广乃楚人也。由此观之，天下之势，远近如一。然以吾言之，近之可忧，未若远之可忧之深也。近之官吏贤邪，民誉之歌之；不贤邪，讥之谤之。誉歌讥谤者众则必传，传则必达于朝廷，是官吏之贤否易知也。一夫不获其所，诉之刺史，刺史不问，裹粮走京师，缓不过旬月，挝鼓叫号，而有司不得不省[2]矣。是民有冤易诉也。吏之贤否易知，而民之冤易诉，乱何从始邪？远方之民，虽使盗跖为之郡守，梼杌、饕餮[3]为之县令，郡县之民，群嘲而聚骂者，虽千百为辈，朝廷不知也。白日执人于市，诬以杀人，虽其兄弟妻子闻之，亦不过诉之刺史。不幸而刺史又抑之，则死且无告矣。彼见郡守县令据案执笔，吏卒旁列，棰械满前，骇然而丧胆矣。则其谓京师天子所居者当复如何？而又行数千里，费且百万，富者尚或难之，而贫者又何能乎？故其民常多怨而易动。吾故曰：近之可忧，未若远之可忧之深也。国家分十七路，河朔、陕右、广南、川峡实为要区。河朔、陕右，二虏之防，而中国之所恃以安。广南、川峡，货财之源，而河朔、陕右之所恃以全。其势之轻重如何哉？曩者，北胡骄恣，西寇悖叛，河朔、陕右尤所加恤，一郡守、一县令，未尝不择。至于广南、川峡则例以为远官，审官差除，取具临时，窜谪量移，往往而至。凡朝廷稍所优异者，不复官之广南、川峡，而其人亦以广南、川峡之官为失职庸人，无所归，故常聚于此。呜呼，知河朔、陕右之可重，而不知河朔、陕右之所恃以全之地之不可轻，是欲富其仓而芜其田，仓不可得而富也。矧[④]其地控制南夷、氐蛮，最为要害。土之所产又极富夥[⑤]，明珠大贝，纨锦布帛，皆极精好，陆负水载，出境而其利百倍。然而关讥、门征、僦雇[⑥]之费，非百姓私力所能力，故贪官专其利，而齐民受其病。不招权、不鬻狱者[⑦]，世俗遂指以为廉吏矣；而招权鬻狱者，又岂尽无？呜呼，吏不能皆廉，而廉者又止如此，是斯民不得一日安也！方今赋取日重，科敛日烦，罢弊之民不任，官吏复有所规求于其间矣。淳化中，李顺窃发于蜀，州郡数十望风奔溃。近者智高乱广南，乘胜取九城如反掌。国家设城池，养士卒，蓄器械，储米粟，以为战守备；而凶竖一起，若涉无人之地者，吏不肖也。今夫以一身任一方之责者，莫若漕刑。广南、川峡既为天下要区，而其中之郡县又有为广南、川峡之要区者，其牧宰[⑧]之贤否，实一方所以安危。幸而贤则已，其戕民黩货，然有罪可诛者，漕刑固亦得以举劾。若夫庸陋选耎[⑨]不才而无过者，漕刑虽贤明，其势不得易置，此犹弊车躄[⑩]马而求仆夫之善御也。郡县有败事，不以责漕刑则不可；责之，则彼必曰：败事者某所，治某所者某人也，吾将何所归罪？故莫若使漕刑自举其人而任之。他日有败事，则谓之曰：尔谓此人堪此职也；今不堪此职，是尔欺我也。责有所任，罪无所逃，然而择之不得其人者盖寡矣。其余郡县虽非一方之所以安危者，亦当诏审官俾勿轻授。赃吏、冗流勿措其间，而民虽在千里外，无异于处畿甸中矣。

此文是《衡论》中的第四篇。

在这篇文章中，苏洵论述了朝廷应注重对边远地区治理的问题。他认为朝廷对边远地区的官吏应进行认真的选择和考核，使那里的人民安居乐业，虽在千里之外，而无异于京畿之中。

【注释】

①不泄迩：不亲近身边的人。泄，亲近而不庄重。迩，近。

②省：察看，检查。

③梼杌、饕餮：都是古代传说中的怪兽名。

④矧：况且。

⑤夥:众多,丰富。

⑥关讥、门征、僦雇:关讥,关卡检查。讥,检查。门征,关门征税。僦雇,租车雇人。僦,租车。

⑦不招权,不鬻狱者:不揽权,不为私利出卖法律。招,揽。鬻,卖。狱,刑事案件。

⑧牧宰:一方长官。

⑨耎:软弱,怯懦。

⑩躄:两腿瘸。

广　士

古之取士，取于盗贼，取于夷狄。古之人非以盗贼、夷狄之事可为也，以贤之所在而已矣。夫贤之所在，贵而贵取焉，贱而贱取焉。是以盗贼下人、夷狄异类，虽奴隶之所耻，而往往登之朝廷，坐之郡国，而不以为怍[①]。而绳趋尺步[②]，华言华服者，往往反摈弃不用。何则？天下之能绳趋而尺步，华言而华服者众也。朝廷之政，郡国之事，非特如此而可治也。彼虽不能绳趋而尺步，华言而华服，然而其才果可用于此，则居此位可也。古者，天下之国大而多士大夫者，不过曰齐与秦也。而管夷吾相齐，贤也，而举二盗焉；穆公霸秦，贤也，而举由余[③]焉。是其能果于是非而不牵于众人之议也，未闻有以用盗贼、夷狄而鄙之者也。今有人非盗贼，非夷狄，而犹不获用，吾不知其何故也。夫古之用人，无择于势。布衣寒士而贤则用之，公卿之子弟而贤则用之，武夫健卒而贤则用之，巫医方技而贤则用之，胥史贱吏而贤则用之。今也，布衣寒士持方尺之纸，书声病剽窃之文，而至享万钟之禄；卿大夫之子弟，饱食于家，一出而驱高车，驾大马，以为民上；武夫健卒，有洒扫之力，奔走之旧，久乃领藩郡，执兵柄；巫医方技，一言之中，大臣且举以为吏。若此者，皆非贤也，皆非功也，是今之所以进之之涂[④]多于古也。而胥史贱吏独弃而不录，使老死于敲榜趋走[⑤]，而贤与功者不获一施，吾甚惑也。不知胥吏之贤，优而养之，则儒生武士或所不若。昔者汉有天下，平津侯、乐安侯辈皆号为儒宗，而卒不能为汉立不世大功；而其卓绝隽伟，震耀四海者，乃其贤人之出于吏胥中者耳。夫赵广汉，河间之郡吏也；尹翁归，河东之狱吏也；张敞，太守之卒史也；王尊，涿郡之书佐也。是皆雄隽明博，出之可以为将，而内之可以为相者也，而皆出于吏胥中者，有以也。夫吏胥之人，少而习法律，长而习狱讼，老奸大豪畏惮慑伏，吏之情状，变化出入，无不谙究。因而官之，则豪民猾吏之弊，表里毫末毕见于外，无所逃遁。而又上之人择之以才，遇之以礼，而其志复自知得自奋于公卿，故终不肯自弃于恶以贾[⑥]罪戾，而败其终身之利。故当此时，士君子皆优为之，而其间自纵于大恶者，大约亦不过几人，而其尤贤者，乃至成功如是。今之吏胥则不然，始而入之不择也，终而遇之以犬彘也。长吏一怒，不问罪否，袒而笞之；喜而接之，乃反与交手为市。其人常曰：长吏待我以犬彘，我何望而不为犬彘哉？是以平民不能自弃为犬彘之行，不肯为吏矣，况士君子而肯俯首为之乎？然欲使之谨饰可用如两汉，亦不过择之以才，待之以礼，恕其小过，而弃绝其大恶之不可贳[⑦]忍者，而后察其贤有功，而爵之禄之贵之，勿弃之于冗流之间。则彼有冀于功名，自尊其身，不敢丐夺[⑧]，而奇才绝智出矣。夫人固有才智奇绝而不能为章句名数声律之学者，又有不幸而不为者。苟一之以进士、制策，是使奇才绝智有时而穷也。使吏胥之人得出为长吏，是使一介之才无所逃也。进士、制策网之于上，此又网之于下，而曰天下有遗才者，吾不信也。

《广士》是《衡论》中的一篇文章。在此文中，苏洵认为朝廷用人应不拘一格，选拔的官吏要注重他的真才实学，要任人唯贤。

【注释】

①怍：惭愧。

②绳趋尺步：按绳墨所划的线走，每步一尺。形容循规蹈矩。

③由余：其先人乃晋人，后丧亡入西戎。奉使入秦见秦穆公。秦穆公以女乐赠戎王，戎王悦而受之。由余数谏不听，遂奔秦。秦用由余谋伐戎，益国十二，开地千里，遂霸西戎。

④涂：通“途”，途径。

⑤敲榜趋走：敲锣打鼓奔忙前后，都是小吏干的差事。

⑥贾：买。

⑦贳：赦免。

⑧丐夺：强夺，强取。

养　才

夫人之所为，有可勉强者，有不可勉强者。煦煦然[①]而为仁，孑孑然[②]而为义，不食片言以为信，不见小利以为廉，虽古之所谓仁与义、信与廉者，不止若是，而天下之人亦不曰是非仁人，是非义人，是非信人，是非廉人，此则无诸已而可勉强以到者也。在朝廷而百官肃，在边鄙而四夷惧，坐之于繁剧纷扰之中而不乱，投之于羽檄[③]奔走之地而不惑，为吏而吏，为将而将，若是者，非天之所与，性之所有，不可勉强而能也。道与德可勉以进也，才不可强揠[④]以进也。今有二人焉，一人善揖让，一人善骑射，则人未有不以揖让贤于骑射矣。然而揖让者未必善骑射，而骑射者舍其弓以揖让于其间，则未必失容。何哉？才难强而道易勉也。吾观世之用人，好以可勉强之道与德，而加之不可勉强之才之上，而曰我贵贤贱能。是以道与德未足以化人，而才有遗焉。然而为此者，亦有由矣。有才者而不能为众人所勉强者耳。何则？奇杰之士，常好自负，疏隽傲诞，不事绳检[⑤]，往往冒法律，触刑禁，叫号欢呼，以发其一时之乐而不顾其祸。嗜利酗酒，使气傲物，志气一发，则倜然远去，不可羁束以礼法。然及其一旦翻然而悟，折节而不为此，以留意于向所谓道与德可勉强者，则何病不至，奈何以朴樕[⑥]小道加诸其上哉？夫其不肯规规以事礼法，而必自纵以为此者，乃上之人之过也。古之养奇杰也，任之以权，尊之以爵，厚之以禄，重之以恩，责之以措，置天下之务，而易其平居自纵之心，而声色耳目之欲又已极于外，故不待放恣而后为乐。今则不然，奇杰无尺寸之柄、位一命之爵、食斗升之禄者过半，彼又安得不越法逾礼而自快邪？我又安可急之以法，使不得泰然自纵邪？今我绳之以法，亦已急矣；急之而不已，而随之以刑，则彼有北走胡、南走越耳。噫，无事之时既不能养，及其不幸，一旦有边境之患，繁乱难治之事，而后优诏以召之，丰爵重禄以结之，则彼已憾矣。夫彼固非纯忠者也，又安肯默然于穷困无用之地而已邪？周公之时，天下号为至治，四夷已臣服，卿大夫士已称职。当是时，虽有奇杰无所复用，而其礼法风俗尤复细密，举朝廷与四海之人无不遵蹈，而其八议⑦之中犹有曰议能者。况当今天下未甚至治，四夷未尽臣服，卿大夫士未皆称职，礼法风俗又非细密如周之盛时，而奇杰之士复有困于簿书米盐间者，则反可不议其能而恕之乎？所宜哀其才而贳其过，无使为刀笔吏所困，则庶乎尽其才矣。或曰：奇杰之士有过得以免，则天下之人孰不自谓奇杰而欲免其过者？是终亦溃法乱教耳。曰：是则然矣。然而奇杰之所为，必挺然出于众人之上。苟指其已成之功以晓天下，俾得以赎其过，而其未有功者，则委之以难治之事而责其成绩，则天下之人不敢自谓奇杰，而真奇杰者出矣。

此文是《衡论》中的第六篇，中心是建议朝廷要不拘一格招揽和善待那些才能出众的人。

【注释】

①煦煦然：和乐融洽的样子。
②孑孑然：独立的样子。
③羽檄：即"羽书"，军事文书，插鸟羽以示紧急。
④揠：拔。
⑤疏隽傲诞，不事绳检：疏放隽杰，傲慢不经，不愿受到约束。
⑥朴樕：一种小木，后以之比喻凡庸之材。
⑦八议：周代为了确定等级身份和调整内部关系所定减轻刑罚的八种条件，即议亲、议故、议贤、议能、议功、议贵、议勤、议实，凡符合上述八项条件的人犯了罪，可以考虑减刑或免刑。

申　法

古之法简，今之法繁。简者不便于今，而繁者不便于古。非今之法不若古之法，而今之时不若古之时也。先王之作法也，莫不欲服民之心。服民之心，必得其情。情然邪，而罪亦然，则固入吾法矣。而民之情又不皆知其罪之轻重大小，是以先王忿其罪而哀其无辜，故法举其略，而吏制其详。杀人者死，伤人者刑，则以著于法，使民知天子之不欲我杀人伤人耳。若其轻重出入，求其情而服其心者，则以属吏。任吏而不任法，故其法简。今则不然，吏奸矣，不若古之良；民偷[①]矣，不若古之淳。吏奸则以喜怒制其轻重而出入之，或至于诬、执[②]；民偷则吏虽以情出入，而彼得执其罪之大小以为辞。故今之法纤悉委备，不执于一，左右前后，四顾而不可逃。是以轻重其罪，出入其情，皆可以求之法，吏不奉法，辄以举劾。任法而不任吏，故其法繁。古之法若方书，论其大概，而增损剂量则以属医者，使之视人之疾，而参以己意。今之法若鬻屦，既为其大者，又为其次者，又为其小者，以求合天下之足。故其繁简则殊，而求民之情以服其心则一也。然则，今之法不劣于古矣，而用法者尚不能无弊。何则？律令之所禁，画一明备，虽妇人孺子皆知畏避，而其间有习于犯禁而遂不改者，举天下皆知之而未尝怪也。先王欲杜天下之欺也，为之度[③]，以一天下之长短；为之量[④]，以齐天下之多寡；为之权衡[⑤]，以信天下之轻重。故度、量、权衡，法必资之官，资之官而后天下同。今也，庶民之家刻木比竹、绳丝縋石以为之，富商豪贾内以大，出以小，齐人适楚，不知其孰为斗，孰为斛，持东家之尺而校之西邻，则若十指然。此举天下皆知之，而未尝怪者一也。先王恶奇货之荡民，且哀夫微物之不能遂其生也，故楚民采珠贝；恶夫物之伪而假真，且重费也，故楚民糜金[⑥]以为涂饰。今也，采珠贝之民溢于海滨，糜金之工肩摩于列肆[⑦]。此又举天下皆知之，而未尝怪者二也。先王患贱之凌贵，而下之僭上也，故冠服器皿皆以爵列为等差，长短大小莫不有制。

今也，工商之家曳纨锦，服珠玉，一人之身循其首以至足，而犯法者十九[⑧]。此又举天下皆知之，而未尝怪者三也。先王惧天下之吏负县官之势以侵劫齐民也，故使市之坐贾[⑨]，视时百物之贵贱而录之，旬辄以上。百以百闻，千以千闻，以待官吏之私价[⑩]，十则损三，三则损一以闻，以备县官之公籴。今也，吏之私价而从县官公籴之法，民曰公家之取于民也固如是，是吏与县官敛怨于下。此又举天下皆知之，而未尝怪者四也。先王不欲人之擅天下之利也，故仕则不商，商则有罚；不仕而商，商则有征[⑪]。是民之商不免征，而吏之商又加以罚。今也，吏之商既幸而不罚，又从而不征，资之以县官公籴之法，负之以县官之徒，载之以县官之舟，关防不讥[⑫]，津梁不呵。然则为吏而商，诚可乐也。民将安所措手？此又举天下皆知之，而未尝怪者五也。若此之类，不可悉数，天下之人耳习目熟，以为当然；宪官法吏目击其事，亦恬而不问。夫法者，天子之法也。法明禁之，而人明犯之，是不有天子之法也，衰世之事也。而议者皆以为今之弊，不过吏胥骫[⑬]法以为奸，而吾以为吏胥之奸由此五者始。今有盗白昼持梃入室，而主人不知之禁，则逾垣穿穴之徒，必且相告而恣行于其家。其必先治此五者，而后诘吏胥之奸可也。

在苏洵的《衡论》一书，有两篇是专门论述刑法的。在《申法》一文中，苏洵将古今之法作了一番比较，认为“古之法简，今之法繁”。他认为应向古人学习，法令不宜过于繁密，关键是要严格执法，严惩那些枉法贪利的奸吏。

【注释】

①偷：刻薄。
②执：固执。
③度：量长短的标准。
④量：量器。
⑤权衡：秤。
⑥縻金：浪费金子。
⑦列肆：市场。
⑧十九：十分之九。

⑨坐贾：坐地卖东西的商人。

⑩价：卖。

⑪征：征税。

⑫讥：检查。

⑬骫：弯曲，这里引申为枉曲，违背。

兵　制

三代之时，举天下之民皆兵也，兵民之分自秦汉始。三代之时，闻有诸侯抗天子之命矣，未闻有卒伍叫呼衡行[①]者也。秦汉以来，诸侯之患不减于三代，而御卒伍者乃如蓄虎豹，圈槛一缺，咆勃四出，其故何也？三代之兵耕而食，蚕而衣，故劳，劳则善心生。秦、汉以来，所谓兵者，皆坐而衣食于县官，故骄，骄则无所不为。三代之兵皆齐民[②]，老幼相养，疾病相救，出相礼让，入相慈孝，有忧相吊，有喜相庆，其风俗优柔而和易，故其兵畏法而自重。秦、汉以来，号齐民者，比之三代，则既已薄矣，况其所谓兵者，乃其齐民之中尤为凶悍桀黠者也，故常慢法而自弃。夫民耕而食，蚕而衣，虽不幸而不给，犹不我咎[③]也。今谓之曰：尔毋耕，尔毋蚕，为我兵，吾衣食尔。他日一不充其欲，彼将曰：向谓我毋耕毋蚕，今而不我给也。然则怨从是起矣。夫以有善心之民，畏法自重而不我咎，欲其为乱，不可得也。既骄矣，又慢法而自弃，以怨其上，欲其不为乱，亦不可得也。且夫天下之地不加[④]于三代，天下之民衣食乎其中者，又不减于三代，平居无事，占军籍，畜妻子，而仰给于斯民者，则遍天下不知其数，奈何民之不日剥月割，以至于流亡而无告也？其患始于废井田，开阡陌，一壤而不可复收。故虽有明君贤臣焦思极虑，而求以救其弊，卒不过开屯田，置府兵，使之无事则耕而食耳，呜呼，屯田府兵，其利既不足以及天下，而后世之君又不能循而守之，以至于废。陵夷及于五代，燕师刘守光又从而为之黥面涅手[⑤]之制，天下遂以为常法，使之判然不得与齐民齿。故其人益复自弃，视齐民如越人矣。太祖既受命，惩唐季[⑥]、五代之乱，聚重兵京师，而边境亦不曰无备；损节度之权，而藩镇亦不曰无威。周与汉、唐，邦镇之兵强；秦郡县之兵弱。兵强故末大不掉，兵弱故天子孤睽[⑦]。周与汉、唐则过，而秦则不及，得其中者，惟吾宋也。虽然，置帅之方则远过于前代，而制兵之术吾犹有疑焉。何者？自汉迄唐，或开屯田，或置府兵，使之无事则耕而食，而民犹且不胜其患。今屯田盖无几，而府兵亦已废，欲民之丰阜，势不可也。国家治平日久，民之趋于农者日益众，而天下无莱田[8]矣。以此观之，谓斯民宜如生三代之盛时，而乃戚戚嗟嗟无终岁之畜者，兵食夺之也。三代井田，虽三尺童子知其不可复。虽然，依仿古制，渐而图之，则亦庶乎其可也。方今天下之田在官者惟二：职分[9]也，籍没[10]也。职分之田，募民耕之，敛其租之半而归诸吏；籍没则鬻之，否则募民耕之，敛其租之半而归诸公。职分之田遍于天下，自四京以降至于大藩镇，多至四十顷，下及一县亦能千亩。籍没之田不知其数，今可勿复鬻，然后量给其所募之民，家三百亩以为率。前之敛其半者，今可损之。三分而取其一，以归诸吏与公。使之家出一夫为兵，其不欲者，听其归田而他募。谓之新军，毋黥其面，毋涅其手，毋拘之营。三时纵之，一时集之。授之器械，教之战法，而择其技之精者以为长，在野督其耕，在阵督其战，则其人皆良农也，皆精兵也。夫籍没之田既不复鬻，则岁益多。田益多则新军益众，而向所谓仰给于斯民者，虽有废疾死亡，可勿复补。如此数十年，则天下之兵，新军居十九而皆力田不事他业，则其人必纯固朴厚，无叫呼衡行之忧，而斯民不复知有馈饷供亿[11]之劳矣。或曰：昔者敛其半，今三分而取一，其无乃薄于吏与公乎？曰：古者公卿大夫之有田也以为禄，而其取之亦不过什一。今吏既禄矣，给之田则已甚矣。况三分而取一，则不既优矣乎？民之田不幸而籍没，非官之所待以为富也。三分而取一，不犹愈于无乎？且不如是，则彼不胜为兵故也。或曰：古者什一而税，取之薄，故民胜为兵，分三分而取一，可乎？曰：古者一家之中，一人为正卒，其余为羡卒[12]，田与追胥竭作。今家止一夫为兵，况诸古则为逸，故虽取之差重而无害。此与周制稍甸县都役[13]少轻，而税十二无异也。夫民家出一夫而得安坐以食数百亩之田，征繇科敛不及其门，然则彼亦优为之矣。

这是《衡论》中的第九篇。

苏洵认为，宋朝的兵民分开，造成了部队的混乱，同时也加重了人民的负担，因此，最好的办法是以兵民合一的制度逐步取代现行的兵民分开的体制。他还提出了一些具体的实施措施,但未免有些疏阔不切实际。

【注释】

①衡行:同“横行”。

②齐民:普通百姓。

③不我咎:不咎我,不怨我。

④加:多于。

⑤黥面涅手:黥面,用刀刺刻人的面额,再涂上墨。涅手,将手染黑。

⑥季:末。

⑦孤睽:孤单不合。

⑧莱田:荒芜的田地。

⑨职分:指职分田。古代官吏的禄米田,按官品等级分给。

⑩籍没:指官家没收的田地。

⑪供亿:按需要而供应。亿,估量。

⑫羡卒:候补编外之卒。

⑬稍甸县都役:指周代距王城三百里之地辖区内所制之役。

乐　论

礼之始作也，难而易行；既行也，易而难久。天下未知君之为君，父之为父，兄之为兄，而圣人为之君父兄；天下未有以异其君父兄，而圣人为之拜起坐立；天下未肯靡然以从我拜起坐立，而圣人身先之以耻。呜呼，其亦难矣！天下恶夫死也久矣，圣人招之曰：来，吾生尔。既而其法果可以生天下之人，天下之人视其向[①]也如此之危，而今也如此之安，则宜何从？故当其时，虽难而易行。既行也，天下之人视君父兄，如头足之不待别白[②]而后识，视拜起坐立如寝食之不待告语而后从事。虽然，百人从之，一人不从，则其势不得遽至乎死。天下之人，不知其初之无礼而死，而见其今之无礼而不至乎死也，则曰圣人欺我。故当其时，虽易而难久。呜呼，圣人之所恃以胜天下之劳逸者，独有死生之说耳。死生之说不信于天下，则劳逸之说将出而胜之。劳逸之说胜，则圣人之权去矣。酒有鸩，肉有堇[③]，然后人不敢饮食。药可以生死，然后人不以苦口为讳。去其鸩，彻[④]其堇，则酒肉之权固胜于药。圣人之始作礼也，其亦逆知其势之将必如此也，曰：告人以诚，而后人信之，幸今之时吾之所以告人者，其理诚然，而其事亦然，故人以为信。吾知其理，而天下之人知其事，事有不必然者，则吾之理不足以折天下之口，此告语之所不及也。告语之所不及，必有以阴驱而潜率之，于是观之天地之间，得其至神之机，而窃之以为乐。雨，吾见其所以湿万物也；日，吾见其所以燥万物也；风，吾见其所以动万物也。隐隐甶甶[⑤]，而谓之雷者，彼何用也？阴凝而不散，物蹙而不遂，雨之所不能湿，日之所不能燥，风之所不能动，雷一震焉而凝者散，蹙者遂。曰雨者，曰日者，曰风者，以形用；曰雷者，以神用。用莫神于声，故圣人因声以为乐。为之君臣、父子、兄弟者，礼也。礼之所不及，而乐及焉。正声入乎耳，而人皆有事君、事父、事兄之心，则礼者固吾心之所有也，而圣人之说，又何从而不信乎？

苏洵认为"圣人因声以为乐",其作用是补足《礼》所不及之处。

【注释】

①向:原来。

②别白:辨别。

③堇:一种野生的草,有毒性,也叫陆英。

④彻:通"撤",撤去。

⑤谾谾:山谷中的回声。

诗 论

人之嗜欲，好之有甚于生；而愤憾怨怒，有不顾其死。于是礼之权又穷。礼之法曰：好色不可为也，为人臣，为人子，为人弟，不可以有怨于其君父兄也。使天下之人皆不好色，皆不怨其君父兄，夫岂不善？使人之情皆泊然而无思，和易而优柔，以从事于此，则天下固亦大治。而人之情，又不能皆然。好色之心驱诸其中，是非不平之气攻诸其外，炎炎而生，不顾利害，趋死而后已。噫，礼之权止于死生，天下之事不至乎可以博生[①]者，则人不敢触死以违吾法。今也，人之好色与人之是非不平之心，勃然而发于中，以为可以博生也，而先以死自处其身，则死生之机固已去矣。死生之机去，则礼为无权。区区举无权之礼以强人之所不能，则乱益甚，而礼益败。今吾告人曰：必无好色，必无怨而君父兄。彼将遂从吾言，而忘其中心所自有之情邪？将不能也。彼既已不能纯用吾法，将遂大弃而不顾吾法。既已大弃而不顾，则人之好色与怨其君父兄之心，将遂荡然无所隔限，而易内窃妻之变，与弑其君父兄之祸，必反公行于天下，圣人忧焉。曰：禁人之好色而至于淫，禁人之怨其君父兄而至于叛，患生于责人太详。好色之不绝，而怨之不禁，则彼将反不至于乱。故圣人之道，严于礼而通于《诗》。礼曰必无好色，必无怨而君父兄；《诗》曰好色而无至于淫，怨而君父兄而无至于叛。严以待天下之贤人，通以全天下之中人[②]。吾观《国风》婉娈[③]柔媚而卒守以正，好色而不至于淫者也；《小雅》悲伤诟讟[④]，而君臣之情卒不忍去，怨而不至于叛者也。故天下观之，曰圣人固许我以好色，而不尤我之怨吾君父兄也。许我以好色，不淫可也；不尤我之怨吾君父兄，则彼虽以虐遇我，我明讥而明怨之，使天下明知之，则吾之怨亦得当焉，不叛可也。夫背圣人之法而自弃于淫叛之地者，非断[⑤]不能也。断之始，生于不胜[⑥]。人不自胜其忿，然后忍弃其身。故《诗》之教，不使人之情至于不胜也。夫桥之所以为安于舟者，以有桥而言也。水潦大至，桥必解，而舟不至于必败。故舟者，所以济桥之所不及也。吁，礼之权穷于易达，而有《易》焉；穷于后世之不信，而有《乐》焉；穷于强人，而有《诗》焉。吁，圣人之虑事也盖详。

苏洵认为《礼》对人约束甚严，这与人性有些相悖。而《诗》的作用能使人的天性得以发挥，但对人还是有所约束，不致于越度。

【注释】

①博生：广泛生存。
②中人：中等人。
③娈：美好。
④讟：怨愤。
⑤断：决然。
⑥不胜：承受不住。

史论上

史何为而作乎？其有忧也。何忧乎？忧小人也。何由知之？以其名知之。楚之史曰《梼杌》，梼杌，四凶之一也。君子不待褒而劝[1]，不待贬而惩，然则史之所惩劝者独小人耳。仲尼[2]之志大，故其忧愈大。忧愈大，故其作愈大。是以因史修经，卒之论其效者，必曰“乱臣贼子惧”。由是知史与经皆忧小人而作，其义一也。其义一，其体二，故曰史焉，曰经焉。大凡文之用四：事以实之，词以章之，道以通之，法以检之。此经史所兼而有之者也。虽然，经以道法胜，史以事词胜。经不得史无以证其褒贬，史不得经无以酌其轻重。经非一代之实录，史非万世之常法。体不相沿，而用实相资焉。夫《易》、《礼》、《乐》、《诗》、《书》，言圣人之道与法详矣，然弗验之行事。仲尼惧后世以是为圣人之私言，故因赴告策书以修《春秋》，旌[3]善而惩恶，此经之道也。犹惧后世以为己之臆断，故本《周礼》以为凡[4]，此经之法也。至于事则举其略，词则务于简。吾故曰“经以道法胜”。史则不然，事既曲详，词亦夸耀，所谓褒贬，论赞之外无几。吾故曰“史以事词胜”。使后人不知史而观经，则所褒莫见其善状，所贬弗闻其恶实，吾故曰“经不得史无以证其褒贬”。使后人不通经而专史，则称谓不知所法，惩劝不知所祖。吾故曰“史不得经，无以酌其轻重”。经或从伪赴而书，或隐讳而不书，若此者众，皆适于教而已。吾故曰“经非一代之实录”。史之一纪、一世家、一传，其间美恶得失固不可以一二数。则其论赞数十百言之中，安能事为之褒贬，使天下之人动有所法如《春秋》哉？吾故曰“史非万世之常法”。夫规矩准绳所以制器[5]，器所待而正者也。然而不得器则规无所效其圆，矩无所用其方，准无所施其平，绳无所措其直。史待经而正，不得史则经晦，吾故曰“体不相沿，而用实相资焉”。噫，一规、一矩、一准、一绳，足以制万器。后之人其务希迁、固[6]实录可也，慎无若王通、陆长源[7]辈嚣嚣然冗且僭，则善矣。

苏洵一共作有史论三篇,分上、中、下。

在《史论上》中,苏洵论述了经与史的关系,认为史是经的解释和说明,“史待经而正”,经不得史就晦涩难懂了。

【注释】

①劝:勉励。

②仲尼:指孔丘,字仲尼。

③旌:表彰。

④凡:概要。

⑤器:器具。

⑥迁、固:分指汉代的司马迁,班固。他们分别著有史书《史记》、《汉书》。

⑦王通,陆长源:王通,隋代人,仿《春秋》著《元经》,已佚,又依《法言》、《家语》之例著《中说》。陆长源,唐代人,言论轻易,性轻佻,恃才傲物,人皆畏而恶之。

制 敌

兵何难？曰：难乎制敌。曷难乎制敌？曰：古者六师之中，士不能皆锐，马不能皆良，器械不能皆利，故其兵必有上、中、下辈。力扼虎，射中的，捕敌敢前，攻垒敢先乘，上兵也；习行阵，晓击刺，进而进，退而退，中兵也；奔则蹶，负则喘，迎刃而殪[①]，望敌而走，下兵也。凡上兵一支中兵十，中兵十支下兵百。此非独吾有，敌亦不无也。为将者不以计用之，而曰敌以上兵来，吾无上兵乎？以中兵来，吾无中兵乎？以下兵来，吾无下兵乎？然则胜负何时而决也？夫胜负久而不决，不能无老师[②]费财。吾故曰难乎制敌也。若其善兵者则不然。堂然而陈，填然而鼓，视敌之兵有挺刃大呼而争奋者，此其上兵也，以吾下兵委之，满镞而向之。其色动，介马[③]而驰之，其辙乱者，此其下兵也，以吾中兵袭之。夫如此，敌之上兵乐吾下兵之易攻也，必尽锐不顾而击之，吾得以上兵临其中，中兵临其下，此皆以一克十，以十克百之兵也，焉往而不胜哉！是则敌三克吾一，而吾三克敌二。况其上兵虽胜，而中兵、下兵既为吾克，其势不能独完，亦终为吾所并耳。噫！一失而三得，与三失而一得，为将者宜何取耶？昔田忌与齐诸公子逐射，孙膑见其马有上中下，因教之曰："以君下驷与彼上驷，取君上驷与彼中驷，取君中驷与彼下驷。"忌从之，一不胜而再胜，卒获千金。夫膑之说乃吾向之说也。徒施之射，是以知其能获千金而止耳。苟取而施之兵，虽穰苴、吴起[④]，何以易此哉！

在这篇文章中，苏洵谈论了克敌制胜的战术问题。他说兵必有上、中、下之分，以下兵对敌上兵，以中兵袭敌下兵，以上兵临敌中兵，这样就可以制胜了。苏洵这一说法与春秋战国时孙膑教田忌逐射的说法一致，放在宋代恐难逃被讥为书生之谈。

【注释】

①殪:死。

②老师:师旅久战不决,疲惫不堪。

③介马:给马披上战甲。介,战甲。

④穰苴、吴起:都是春秋战国时期著名军事家。

管仲论

管仲相桓公，霸诸侯，攘戎狄，终其身齐国富强，诸侯不叛。管仲死，竖刁、易牙、开方用，桓公薨于乱，五公子争立，其祸蔓延，讫简公，齐无宁岁。夫功之成，非成于成之日，盖必有所由起；祸之作，不作于作之日，亦必有所由兆。则齐之治也，吾不曰管仲，而曰鲍叔；及其乱也，吾不曰竖刁、易牙、开方，而曰管仲。何则？竖刁、易牙、开方三子，彼固乱人国者，顾其用之者，桓公也。夫有舜而后知放四凶，有仲尼而后知去少正卯。彼桓公何人也？顾其使桓公得用三子者，管仲也。仲之疾也，公问之相。当是时也，吾以仲且举[①]天下之贤者以对。而其言乃不过曰竖刁、易牙、开方三子非人情，不可近而已。呜呼，仲以为桓公果能不用三子矣乎？仲与桓公处几年矣，亦知桓公之为人矣乎？桓公声不绝乎耳，色不绝乎目，而非三子者则无以遂其欲。彼其初之所以不用者，徒以有仲焉耳。一日无仲，则三子者可以弹冠相庆矣。仲以为将死之言，可以絷桓公之手足邪？夫齐国不患有三子，而患无仲；有仲，则三子者三匹夫耳。不然，天下岂少三子之徒？虽桓公幸而听仲，诛此三人，而其余者，仲能悉数而去之邪？呜呼，仲可谓不知本者矣！因桓公之问，举天下之贤者以自代，则仲虽死，而齐国未为无仲也，夫何患？三子者不言可也。五霸莫盛于桓、文[②]。文公之才不过桓公，其臣又皆不及仲，灵公[③]之虐不如孝公[④]之宽厚，文公死，诸侯不敢叛晋。晋袭文公之余威，得为诸侯之盟主者百有余年。何者？其君虽不肖，而尚有老成人焉；桓公之薨也，一乱涂地，无惑也。彼独恃一管仲，而仲则死矣。夫天下未尝无贤者，盖有有臣而无君者矣。桓公在焉，而曰天下不复有管仲者，吾不信也。仲之书有记其将死，论鲍叔、宾胥无之为人，且各疏其短，是其心以为是数子者皆不足以托国；而又逆知其将死，则其书诞谩不足信也。吾观史鳅[⑤]以不能进蘧伯玉而退弥子瑕，故有身后之谏；萧何且死，举曹参以自代。大臣之用心，固宜如此也。夫

国以一人兴,以一人亡。贤者不悲其身之死,而忧其国之衰,故必复有贤者而后可以死。彼管仲者,何以死哉!

管仲是春秋时著名人物,他任齐桓公之相帮助齐桓公称霸诸侯,打击戎狄,使齐国变得富庶强大。但他一死,齐国就陷入了混乱,齐桓公也在乱中而薨。这是为什么呢?苏洵在此文中将过错归咎于管仲,认为他在去世前,没有选好得力的接班人,致使竖刁等竖臣当政,最终引起了齐国的动乱。

【注释】

①且举:将推举。

②桓、文:分指齐桓公,晋文公。

③灵公:晋文公之后。

④孝公:齐桓公之后。

⑤史鳅:春秋时卫国大夫,以直言敢谏著名。相传他死前遗命谏卫灵公退弥子瑕,用蘧伯玉。

明 论

天下有大知，有小知。人之智虑有所及，有所不及。圣人以其大知而兼其小知之功，贤人以其所及而济其所不及；愚者不知大知，而以其所不及丧其所及。故圣人之治天下也以常，而贤人之治天下也以时，既不能常，又不能时，悲夫殆哉！夫惟大知，而后可以常；以其所及，济其所不及，而后可以时。常也者，无治而不治者也；时也者，无乱而不治者也。日月经乎中天，大可以被四海，而小或不能入一室之下，彼固无用此区区小明也。故天下视日月之光，俨然其若君父之威。故自有天地而有日月，以至于今，而未尝可以一日无焉。天下尝有言曰：叛父母，亵神明，则雷霆下击之。雷霆固不能为天下尽击此等辈也，而天下之所以兢兢然[①]不敢犯者，有时而不测也。使雷霆日轰轰焉绕天下以求夫叛父母、亵神明之人而击之，则其人未必能尽，而雷霆之威无乃亵乎？故夫知日月雷霆之分者，可以用其明矣。圣人之明，吾不得而知也，吾独爱夫贤者之用其心约而成功博也[②]，吾独怪夫愚者之用其心劳而功不成也。是无他也，专于其所及而及之，则其及必精；兼于其所不及而及之，则其及必粗。及之而精，人将曰是惟无及，及则精矣。不然，吾恐奸雄之窃笑也。齐威王即位，大乱三载，威王一奋而诸侯震惧二十年，是何修何营邪？夫齐国之贤者，非独一即墨大夫，明矣；乱齐国者非独一阿大夫与左右誉阿而毁即墨者几人，亦明矣。一即墨大夫易知也，一阿大夫易知也，左右誉阿而毁即墨者几人易知也，从其易知而精之，故用心甚约而成功博也。天下之事，譬如有物十焉，吾举其一，而人不知吾之不知其九也。历数之至于九，而不知其一，不如举一之不可测也，而况乎不至于九也！

苏洵在此文中论述了贤者唯其善于明察则会费心少而获取大成功，而愚者不善明察，则会劳心甚多而功不成。在这里，苏洵曲折地表达他对朝廷应明察识人的希望。

【注释】

①兢兢然：小心谨慎的样子。

②用其心约而成博也：用心少而获得很大成功。

辨奸论

事有必至，理有固然，惟天下之静者乃能见微而知著。月晕而风，础[①]润而雨，人人知之。人事之推移，理势之相因，其疏阔[②]而难知，变化而不可测者，孰与天地阴阳之事，而贤者有不知其故，何也？好恶乱其中而利害夺其外也。昔者山巨源[③]见王衍[④]曰："误天下苍生者，必此人也。"郭汾阳[⑤]见卢杞[⑥]曰："此人得志，吾子孙无遗类矣。"自今而言之，其理固有可见者。以吾观之，王衍之为人，容貌言语固有以欺世而盗名者，然不忮[⑦]不求，与物浮沉，使晋无惠帝，仅得中主[⑧]，虽衍百千，何从而乱天下乎？卢杞之奸，固足以败国，然而不学无文，容貌不足以动人，言语不足以眩世，非德宗之鄙暗，亦何从而用之？由是言之，二公之料二子，亦容有未必然也。今有人口诵孔、老[⑨]之言，身履夷、齐[⑩]之行，收召好名之士、不得志之人，相与造作言语，私立名字，以为颜渊、孟轲[⑪]复出，而阴贼险狠，与人异趣，是王衍、卢杞合而为一人也，其祸岂可胜言哉！夫面垢不忘洗，衣垢不忘浣，此人之至情也。今也不然，衣臣虏之衣，食犬彘之食，囚首丧面[⑫]而谈《诗》《书》，此岂其情也哉？凡事之不近人情者，鲜不为大奸慝[⑬]，竖刁、易牙、开方[⑭]是也。以盖世之名而济其未形之患，虽有愿治之主，好贤之相，犹将举而用之，则其为天下患必然而无疑者，非特二子之比也。孙子曰："善用兵者无赫赫之功。"使斯人而不用也，则吾言为过，而斯人有不遇之叹，孰知其祸之至于此哉？不然，天下将被其祸，而吾获知言之名，悲夫！

苏洵对王安石一直印象不佳，主要原因是政治观点不同。苏洵带着他的文章来到京师，在士大夫中间引起轰动，只有王安石"独不嘉之，屡诋于众"。苏轼兄弟于嘉祐六年双双考中进士，天下传为美谈，只有王安石不乐，说，如果让他主考，必黜之。当时，王安石任知制诰，在替皇帝为苏轼起草制词时，教训了苏轼一顿。至于苏辙被任为商州军事推官一事，王安石竟不肯撰词，至此，苏洵恶王安石甚于仇雠。

元祐末年，王安石母死，士大夫皆吊，只有苏洵不去，并作了这篇辨奸论，对王安石的品性和诡异行为进行了尖锐的攻击，并断言“其为天下患必然而无疑者”。

也有人认为这篇《辨奸论》为邵博伪作，借苏洵之名以攻击王安石，但似证据不足。

【注释】

①础：柱子底下的石礅。

②疏阔：远隔，疏远。

③山巨源：即山涛，字巨源，晋人。与嵇康、阮籍等作竹林游，时称为“竹林七贤”，入晋为吏部尚书。

④王衍：晋琅琊临沂人，衍有盛才，常自比子贡，名倾一时；又善玄言，以谈老庄为事，义理若有不妥，随即更改，世号“口中雌黄”。王衍居于宰辅之位，周旋诸王间，惟求自全之计。东海王司马越死，众推衍为元帅，全军为石勒所败，被杀。

⑤郭汾阳：即郭子仪，唐代大将。安禄山叛乱时，任朔方节度使，在河北击败史思明。肃宗即位，任关内河东副元帅，配合回纥兵收复长安、洛阳，因功升中书令，后又进封汾阳郡王。唐德宗即位，尊为尚父，罢兵权。

⑥卢杞：唐滑州人。貌丑，好口辩，唐德宗时为相，专权自恣，陷害杨炎、颜真卿，排斥宰相张镒。藩镇叛乱，卢杞以筹军资为名，收括财货，怨声满天下。李怀光反，暴扬卢杞罪恶，贬死于澧州。

⑦忮：刚愎自用。

⑧中主：中等的君主。

⑨孔、老：分指孔子、老子。

⑩夷、齐：分指伯夷、叔齐，古代的两位贤者。

⑪颜渊、孟轲：颜渊，孔子高徒。孟轲，即孟子，儒家学派的重要代表人物。

⑫囚首丧面：发不梳如囚犯，面不洗如居丧。

⑬慝：邪恶。

⑭竖刁、易牙、开方：春秋时齐桓公的三位宠爱近臣。

苏氏族谱亭记

匹夫而化[①]乡人者，吾闻其语矣。国有君，邑有大夫，而争讼者诉于其门；乡有庠[②]，里有学，而学道者赴于其家。乡人有为不善于室者，父兄辄相与恐曰："吾夫子无乃闻之?"呜呼，彼独何修而得此哉？意者其积之有本末，而施之有次第耶？今吾族人犹有服[③]者不过百人，而岁时蜡社[④]不能相与尽其欢欣爱洽，稍远者至不相往来，是无以示吾乡党邻里也，乃作《苏氏族谱》，立亭于高祖坟茔之西南而刻石焉。既而告之曰："凡在此者，死必赴，冠[⑤]、娶妻必告。少而孤则老者字[⑥]之，贫而无归则富者收之。而不然者，族人之所共诮让[⑦]也。"岁正月，相与拜奠于墓下。既奠，列坐于亭。其老者顾少者而叹曰："是不及见吾乡邻风俗之美矣。自吾少时，见有为不义者，则众相与疾之，如见怪物焉，栗然而不宁。其后少衰也，犹相与笑之。今也则相与安之耳，是起于某人也。夫某人者，是乡之望人[⑧]也，而大乱吾俗焉。是故其诱人也速，其为害也深。自斯人之逐其兄之遗孤子而不恤也，而骨肉之恩薄；自斯人之多取其先人之赀田[⑨]而欺其诸孤子也，而孝悌之行缺；自斯人之为其诸孤子之所讼也，而礼义之节废；自斯人之以妾加[⑩]其妻也，而嫡庶之别混；自斯人之笃于声色，而父子杂处，欢哗不严也，而闺门之政乱；自斯人之渎财[⑪]无厌，惟富者之为贤也，而廉耻之路塞。此六行者，吾往时所谓大惭而不容者也。今无知之人皆曰：某人何人也，犹且为之。其舆马赫奕[⑫]，婢妾靓丽，足以荡惑里巷之小人；其官爵货力，足以摇动府县；其矫诈修饰言语，足以欺罔君子。是州里之大盗也，吾不敢以告乡人，而私以告族人焉。仿佛于斯人之一节者[⑬]，愿无过吾门也。"予闻之惧，而请书焉。老人曰："书其事而阙其姓名，使他人观之，则不知其为谁；而夫人之观之，则面热内惭，汗出而食不下也。且无名之，庶其有悔乎！"予曰："然。"乃记之。

苏洵于庆历五年前出川，至庆历七年父死才返川，因此《苏氏族谱亭记》当作于庆历五年他出川前。

这篇记文记叙了苏洵作《苏氏族谱》及建亭刻石的过程，但文中用大量篇幅严厉指责了“某人”种种伤风败俗的不轨行为。这个某人，指的就是苏洵妻兄程浚。苏洵的女儿八娘十六岁时嫁给程浚之子程正辅，受程家的虐待而死。苏洵痛心疾首，在此文中痛责程家，并发誓苏门不与程家往来。两家断交数十年，直到苏轼晚年，才与程正辅恢复了联系。

【注释】

①化：教化。

②庠：乡里的学校。

③服：旧时丧礼规定穿戴的丧服，因宗族关系的亲疏远近而有不同的等级。

④蜡社：古时一种祭祀百神的活动，每年一次。

⑤冠：古人年二十举行冠礼，表示已成人。

⑥字：抚养。

⑦诮让：讥讽，嘲笑。

⑧望人：有名望的人。

⑨赀田：钱财和土地。

⑩加：超越，处……之上。

⑪渎财：贪财。

⑫赫奕：高大显赫。

⑬仿佛于斯人之一节者：如果（族人）有谁的行为像这个人一点。

张益州画像记

至和元年[①],秋,蜀人传言:“有寇至边,边军夜呼,野无居人。”妖言流闻,京师震惊。方命择帅[②],天子曰:“毋养乱,毋助变,众言朋兴,朕志自定,外乱不作,变且中起,既不可以文令,又不可以武竞,惟朕一二大吏,孰为能处兹文武之间,其命往抚朕师[③]。”乃推[④]曰:“张公[⑤]方平其人。”天子曰:“然。”公以亲辞,不可,遂行[⑥]。冬,十一月,至蜀。至之日,归屯军,撤守备,使谓郡县:“寇来在吾,无尔劳苦[⑦]。”明年,正月朔旦[⑧],蜀人相庆如他日,遂以无事。又明年,正月,相告留公像于净众寺[⑨],公不能禁。

眉阳苏洵言于众曰:“未乱易治也,既乱易治也。有乱之萌,无乱之形,是谓将乱。将乱难治,不可以有乱急,亦不可以无乱弛[⑩]。惟是元年之秋,如器之欹[⑪],未坠于地。惟尔张公,安坐于其旁,颜色不变,徐起而正之。既正,油然[⑫]而退,无矜容[⑬]。为天子牧小民不倦[⑭],惟尔张公。尔繄以生[⑮],惟尔父母。且公尝为我言:‘民无常性,惟上所待。人皆曰蜀人多变。于是待之以待盗贼之意,而绳之以绳盗贼之法[⑯]。重足屏息之民,而以砧斧令。于是民始忍以其父母妻子之所仰赖之身,而弃之于盗贼,故每每大乱[⑰]。夫约之以礼,驱之以法,惟蜀人为易。至于急之而生变,虽齐、鲁[⑱]亦然。吾以齐、鲁待蜀人,而蜀人亦自以齐、鲁之人待其身。若夫肆意于法律之外,以威劫齐民[⑲],吾不忍为也。’呜呼!爱蜀人之深,待蜀人之厚,自公而前,吾未始见也。”皆再拜稽首[⑳],曰:“然。”苏洵又曰:“公之恩在尔心,尔死,在尔子孙,其功业在史官,无以像为也。且公意不欲,如何?”皆曰:“公则何事于斯,虽然,于我心有不释[㉑]焉。今夫平居[㉒]闻一善,必问其人之姓名,与其邻里之所在,以至于其长短大小美恶之状。甚者,或诘[㉓]其平生所嗜好,以想见其为人。而史官亦书之于其传。意使天下之人,思之于心,则存之于目。存之于目,故其思之于心也固。由此观之,像亦不为无助。”苏洵无以诘,遂为之记:

公，南京人，慷慨有大节，以度量雄天下。天下有大事，公可属[24]。系之以诗曰：

天子在祚[25]，岁在甲午[26]。
西人[27]传言，有寇在垣[28]。
庭有武臣，谋夫如云。
天子曰嘻[29]，命我张公。
公来自京，旗纛舒舒[30]。
西人聚观，于巷于涂[31]。
谓公暨暨[32]，公来于于[33]。
公谓西人，安尔室家。
无敢或讹，讹言不祥，
往即尔常。春尔条[34]桑，
秋尔涤[35]场。西人稽首，
公我父兄。公在西囿[36]，
草木骈骈[37]。公宴其僚，
伐鼓渊渊[38]。西人来观，
祝公万年。有女娟娟，
闺闼闲闲[39]。有童哇哇[40]，
亦既能言。昔公未来，
期汝弃捐，禾麻芃芃，
仓庾崇崇[41]。嗟我妇子，
乐此岁丰。公在朝廷。
天子股肱[42]。天子曰归，
公敢不承。作堂严严，
有庑有庭[43]。公像在中，
朝服冠缨。西人相告，
无敢逸荒[44]。公归京师，
公像在堂。

本文记录了张方平奉朝廷之命知益州安民的经过，生动地塑造了张方平关爱百姓的可贵情怀。他采取“安抚”的办法，宽政爱民，使之安居乐业，各事农桑，这在当时无疑是能够博得人心的。

【注释】

①至和元年：公元1054年。至和，宋仁宗（赵祯）的年号，公元1054年3月至1056年9月。

②方命择帅：意思是“正想下令选择将帅去应战”。

③“天子”十二句：天子，指宋仁宗。毋，不要。朋兴，群起。文令，文教政令，目的在于“感化”。

④推：推举，推选。

⑤张公：名咏，字方平，又字安道，自号乐全居士，官至参知政事。

⑥“公以”三句：张公用侍奉父母亲为理由来推辞，得不到许可，于是就动身赴任。

⑦“至之”六句：至之日，到任的那天。归屯军，使前来防守边疆的士兵回去。撤守备，撤除守备的官员。使谓郡县，派人对所属郡县的长官说。

⑧正月朔旦：一月一日，即阴历新年。朔，阴历每月初一。

⑨净众寺：又名万福寺，在成都西北。

⑩弛：松，不急。从容不迫。

⑪攲：倾侧不平。这里指倾斜将倒的状态。

⑫油然：温谨而自然的样子。

⑬无矜容：没有居功自傲自夸的表情。

⑭牧：治理，治民。古代统治者蔑视劳动人民，把官吏统治人民比做牧人放牧牛羊。

⑮繄：是。

⑯“且公”七句：常性，固定不变的性情。待，对待，对付。多变，多生变乱。绳，原是木工取直用的墨线，引申为按一定的标准去衡量、纠正。

⑰“重足”五句：重足，迭足而立，不敢前进，形容非常害怕的样子。屏息，由于恐惧而不敢出大气。屏，忍住，抑制住。息，气息，出气。以砧斧令，用刀斧等刑具命令他们，使他们畏惧而服从。

⑱齐、鲁：春秋战国时的两个小国，其地在今山东省一带。由于孔丘生于鲁国曲阜，所以信奉儒家的统治者认为齐、鲁是教化最好的地区。一说，齐为姜太公的封邑，鲁为周公的封邑，是教化兴盛之地。

⑲齐民：指无辜的善良百姓。

⑳稽首：叩头到地，古代的一种跪拜礼。稽，叩头至地。

㉑释:放下。
㉒平居:平日,在日常生活中。
㉓诘:追问,进一步深问。
㉔属:通"嘱",托付。
㉕祚:皇位。
㉖甲午:甲午年,即宋仁宗至和元年(公元1054年)。
㉗西人:西方的人,指蜀人。
㉘垣:墙。这里指边防。
㉙嘻:惊惧声。
㉚旗纛舒舒:纛,古代军队或仪仗队的大旗。舒舒,形容旗帜漫卷的样子。
㉛涂:同"途",道路。
㉜暨暨:果断刚毅的样子。
㉝于于:行动舒缓自得的样子。
㉞条:用作动词,砍去枝条。
㉟涤:扫除。
㊱囿:园林花圃。
㊲骈骈:茂盛。
㊳渊渊:鼓声平和。
㊴有女娟娟,闺闼闲闲:娟,美好的样子。闺闼,女子的卧室。闲闲,宽裕的样子。
㊵哇哇:小儿啼叫声。
㊶"禾麻"句:禾麻,泛指农作物。芃芃,植物茂密旺盛的样子。仓庾,粮仓。庾,露天的积谷处。崇崇,高大。
㊷股肱:比喻帝王左右辅助得力的大臣。股,大腿,肱,手臂,从肘到腕的部分。
㊸"作堂"句:作,建造。严严,严肃庄重的样子。庑,堂周的廊屋。
㊹无敢逸荒:不敢图安闲而荒废。

彭州圆觉禅院记

人之居乎此也，其必有乐乎此也。居斯乐，不乐不居也。居而不乐，不乐而不去，为自欺，且为欺天。盖君子耻食其食而无其功，耻服其服而不知其事，故居而不乐，吾有吐食脱服以逃天下之讥而已耳。天之畀[①]我以形，而使我以心驭也。今日欲适秦，明日欲适越，天下谁我御？故居而不乐，不乐而不去，是其心且不能驭其形，而况能以驭他人哉？自唐以来，天下士大夫争以排释老[②]为言，故其徒之欲求知于吾士大夫之间者，往往自叛其师以求容于吾。而吾士大夫亦喜其来而接之以礼。灵师文畅[③]之徒，饮酒食肉以自绝于其教。呜呼，归尔父子，复尔室家，而后吾许尔以叛尔师。父子之不归，室家之不复，而师之叛，是不可以一日立于天下。传曰："人臣无外交。"故季布[④]之忠于楚也，虽不如萧、韩[⑤]之先觉，而比丁公之贰则为愈[⑥]。予在京师，彭州僧保聪来求识予甚勤，及至蜀，闻其自京师归，布衣蔬食以为其徒先，凡若干年，而所居圆觉院大治。一日，为予道其先师平润事，与其院之所以得名者，请予为记。予佳聪之不以叛其师悦予也，故为之记曰：彭州龙兴寺僧平润讲《圆觉经》有奇，因以名院。院始弊不葺，润之来，始得隙地以作堂宇。凡更二僧，而至于保聪，聪又合其邻之僧屋若干于其院以成。是为记。

此文是应苏洵故人彭州僧保聪的请求而写的一篇记文。文中批评了对佛教不能忠心如一的教徒，肯定了保聪一心向佛，专诚如一的做法。

【注释】

①畀：送，送给，投放。

②释老：指佛教和道教。释，佛教。老，指老子，道教创始人。

③灵师文畅：唐代中晚期僧人，喜文章，周游天下，敢于突破佛教清规，与柳宗元友善。

④季布：楚人，为项羽将，多次困窘刘邦。刘邦即灭项羽，以千金重赏求捕季布，季布潜匿于鲁朱家宅里。朱家劝灌婴说服刘邦赦免季布，召他为郎中。季布以任侠著名，重然诺。楚人有“得黄金百斤，不如得季布一诺”之谚。

⑤萧、韩：分指汉初名臣大将萧何、韩信。

⑥而比丁公之贰则为愈：而（季布）比丁公反复二心要强一些。丁公，汉代人，名固，为项羽战将，一次追逐刘邦至绝境，刘邦乞求他，他便放了刘邦。及至刘邦统一天下，丁公觐见刘邦，刘邦带着他在军中巡游示众说：“就是这个人对项羽不忠，坏了他的大事。”于是杀丁公于军中。

木假山记

木之生[①],或蘖而殇[②],或拱而夭[③];幸而至于任[④]为栋梁则伐;不幸而为风之所拔,水之所漂,或破折[⑤],或腐[⑥],幸而得不破折、不腐,则为人之所材[⑦],而有斧斤之患[⑧],其最幸者,漂沉汩没于湍沙之间[⑨],不知其几百年,而激射啮食[⑩]之馀,或仿佛于山者,则为好事者取去,强之以为山 ,然后可以脱泥沙而远斧斤,而荒江之滨[⑪],如此者几何[⑫]? 不为好事者所见,而为樵夫野人所薪者[⑬],何可胜数? 则其最幸者之中,又有不幸者焉。

余[⑭]家有三峰,余必思之,则疑其有数[⑮]存乎其间。且其蘖而不殇,拱而不夭,任为栋梁而不伐,风拔水漂而不破折、不腐;不破折、不腐,而不为人所材,以及于斧斤;出于湍沙之间,而不为樵夫野人之所薪,而后得至乎此,则其理似不偶然也。

然余之爱之,非徒[⑯]爱其似山,而又有所感焉;非徒爱之,而又有所敬焉。余见中峰,魁岸踞肆[⑰],意气端重[⑱],若有以服[⑲]其旁之二峰;二峰者,庄栗刻削[⑳],凛[㉑]乎不可犯;虽其势[㉒]服于中峰,而岌然决无阿附意[㉓]。吁!其可敬也夫! 其可以有所感也夫!

一种枯木经水腐虫蚀,风化破折,状若小山,苏洵买于溪叟,命名"木假山",并作了这篇记。文章借物抒怀,以枯木之升沉遇合,穷通寿夭,借以自况。

【注释】

①木之生:树木的生长。

②或蘖而殇:或,有的。蘖,树木的嫩芽。殇,未成年而死,这里指树木在发芽时死掉。

③或拱而夭:拱,两手合抱的粗细。夭,原意是短命、早死,引申为砍伐,摧折。

④任:任用。

⑤破折:破坏,折断。

⑥腐:腐烂。

⑦为人之所材:为人所赏识,被人认为是有用之材。

⑧斧斤之患:斧斤,斧头,伐木的工具。斤,斧头的一种。患,灾祸。

⑨漂沉汩没于湍沙之间:漂沉汩没,或沉或浮。汩没,沉沦、埋没。湍沙,水裹沙急流。湍,急流。

⑩激射啮食:激射,指水浪拍打。啮食,指虫子蛀蚀。啮,咬。

⑪滨:水边。

⑫几何:多少。

⑬樵夫野人所薪者:樵夫,打柴为生的人。野人,村野之人,农夫。薪,柴。这里用作动词,砍木为柴。

⑭余:我。

⑮数:气数,命运。

⑯非徒:不仅,不只是。

⑰魁岸踞肆:魁岸,强壮高大的样子。魁,大、壮伟。踞肆,居高临下的样子。踞,蹲。肆,放恣。

⑱端重:端正庄重。

⑲服:顺服。这里是使动用法,“使……顺服”。

⑳庄栗刻削:庄,端重,严肃。栗,坚实。刻削:尖刻削厉。

㉑凛:严冷令人敬畏的样子。

㉒势:情势形态。

㉓岌然决无阿附意:岌然,高耸的样子。阿,曲从迎合。附,依附。

老翁井铭

丁酉岁，余卜葬[①]亡妻，得武阳安镇之山。山之所从来甚高大壮伟，其末分而为两股，回转环抱。有泉坌然[②]出于两山之间而北附右股之下，畜[③]为大井，可以日饮百余家。卜者曰吉，是其葬书为神之居。盖水之行常与山俱，山止而泉冽，则山之精气势力，自远而至者，皆畜于此而不去，是以可葬无害。他日乃问泉旁之民，皆曰是为老翁井。问其所以为名之由，曰："往岁十年，山空月明，天地开霁[④]，则常有老人苍颜白发，偃息于泉上。就之则隐而入于泉，莫可见。"盖其相传以为如此者久矣。因为作亭于其上，又甃石以御水潦之暴，而往往优游其间，酌泉而饮之，以庶几得见所谓老翁者，以知其信否。然余又闵其老于荒榛岩石之间，千岁而莫知也，今乃始遇我而后得传于无穷。遂为铭曰：

山起东北，翼为南西。涓涓斯泉，坌溢以弥。敛以为井，可饮万夫。汲者告吾，有叟于斯。里无斯人，将此谓谁。山空寂寥，或啸而嬉。更千万年，自洁自好。谁其知之，乃讫遇我。惟我与尔，将遂不泯。无溢无竭，以永千祀。[⑤]

嘉祐二年四月，苏洵父子三人正在京师，苏洵之妻程氏卒于四川老家。父子三人仓卒返川。

苏洵将妻子安葬于武阳安镇之山，在这里他发现了老翁井。在这篇铭文中，苏洵描述了老翁井的由来和传说，文笔流畅，形象生动。

【注释】

①卜葬：入葬前先占卜，看坟地风水如何。

②坌然：水多聚积的样子。

③畜:通“蓄”。

④霁:雨雪停止,云雾散,天放晴。

⑤千祀:千年。祀,年。

王荆州画像赞

太山崇崇，东海滔滔，蟠为山东。公惟齐人，齐方千里，而吾独见公。公在荆州，或象其仪，白发红颜。谓公方壮，公生辛丑，天子之老[①]。谁谓公老，其威桓桓，镇天子之南邦。

嘉祐四年，苏洵父子带着家人第二次进京，路过荆州，在此度岁，住了有一个月的时间，他们拜会了荆州知州，受到了热情接待。苏洵作了《王荆州画像赞》，颂扬了王荆州的容仪和声威。

【注释】

①老：对公卿大夫的总称。

仲兄字文甫说

洵[1]读《易》至《涣》之六四，曰："涣其群，元吉[2]。"曰："嗟夫！群者，圣人所欲涣以混一天下者也。盖余仲兄名涣，而字公群，则是以圣人之所欲解散涤荡者以自命也，而可乎？"他日以告。兄曰："子可无为我易之[3]？"洵曰："唯[4]。"既而曰："请以文甫易之，如何？"

且兄尝见夫水之与风乎？油然[5]而行，渊然[6]而留，渟洄[7]汪洋，满而上浮者，是水也。而风实起之。蓬蓬然[8]而发乎太空，不终日而行乎四方，荡乎其无形，飘乎其远来，既往而不知其迹之所存者，是风也，而水实形之[9]。今夫风水之相遭乎大泽之陂也[10]，纡余委蛇[11]，蜿蜒沦涟[12]，安而相推，怒而相凌[13]，舒而如云，蹙[14]而如鳞，疾[15]而如驰，徐而如徊[16]，揖让旋辟[17]，相顾而不前，其繁如縠[18]，其乱如雾，纷纭郁扰[19]，百里若一[20]。汩乎顺流[21]，至乎沧海之滨，滂薄[22]汹涌，号怒相轧，交横绸缪[23]，放乎空虚，掉乎无垠[24]，横流逆折[25]，濆旋[26]倾侧，宛转胶戾[27]，回者如轮，萦[28]者如带，直者如燧[29]，奔者如焰，跳者如鹭[30]，跃者如鲤，殊状异态，而风水之极观备矣。故曰："风行水上涣[31]。"此亦天下之至文[32]也。

然而此二物者，岂有求乎文哉？无意乎相求，不期而相遭，而文生焉。是其为文也，非水之文也，非风之文也。二物者，非能为文，而不能不为文也，物之相使，而文出于其间也。故此天下之至文也。今夫玉非不温然美矣，而不得以为文[33]；刻镂组绣，非不文矣，而不可与论乎自然[34]。故夫天下之无营[35]而文生之者，唯水与风而已。

昔者，君子之处于世，不求有功，不得已而功成，则天下以为贤；不求有言，不得已而言出[36]，则天下以为口实[37]。呜呼！此不可与他人道之，唯吾兄可也。

这是一篇著名的文论。苏洵论文，喜谈“神来兴会”，即所谓“文章本天成，妙手偶得之”。他崇尚自然，反对雕琢。在这篇文章中，作者从仲兄易字“文甫”谈起，借题发挥，拿“风水相遭而成文”作比喻，形象地表述了他对文学创作过程的看法。

【注释】

①洵：指作者苏洵自己。

②涣其群，元吉：孔颖达《周易正义》：“……涣者，散释之名……涣是离散之号也……能为群物散其险害，故曰：‘涣其群’也……能散群险，则有大功，故曰：‘元吉’也。”

③子可无为我易之：你是否替我更换一个“字”。

④唯：应答声。下文“唯水与风而已”、“唯吾兄可也”的“唯”表示“只有”。

⑤油然：水流的样子。

⑥渊然：水深的样子。

⑦渟洄：水聚集而不流，形容水面静止的样子。

⑧蓬蓬然：风初起的样子。语出《庄子·秋水》“蓬蓬然起于北海”。

⑨水实形之：风本无形状，但风吹动水面，可以在水平面上看到风的形状。

⑩今夫风水之相遭乎大泽之陂：风和水在大泽的岸边相遭遇，即风从岸边吹起。

⑪纡余委蛇：弯曲向前。语出司马相如《上林赋》：“纡余委蛇。”

⑫蜿蜒沦涟：蜿蜒，原为蛇爬行的样子，这里形容水流弯弯曲曲。沦，风吹水面所起的圆波如轮。涟，风吹水面所起的波纹。

⑬凌：相犯，交错。

⑭蹙：皱。

⑮疾：快，迅速。

⑯徐而如徊：徐，慢。徊，徘徊。

⑰揖让旋辟：揖让，古代宾主相见的礼节。后用作动词，表示礼让，这儿用于风、水，是拟人法。旋辟，旋转回避。

⑱縠：绉纱一类的丝织品。

⑲纷纭郁扰：纷纭，多而杂乱。郁扰，丛杂而乱。

⑳若：如，像。

㉑汩乎顺流：水顺流而迅疾。语见司马相如《上林赋》：“汩乎混流。”汩，水流迅疾的样子。

㉒滂薄：波澜壮阔，大水涌流。

㉓绸缪:紧密缠绕,相互绕结。

㉔垠:边,岸。

㉕横流逆折:语出司马相如《上林赋》。横流,横溢、泛溢。逆,逆流。折,折流,水流转弯。

㉖濆旋:大水涌起旋转。濆,水波涌起的地方。

㉗宛转胶戾:辗转扭曲的样子。

㉘萦:缠绕。

㉙燧:古代取火的器具。一说:燧,古代边防告警的烽烟。这里比喻"直"。

㉚鹭:鸟名,鹭科部分鸟类的通称,如白鹭、池鹭等,腿长而爱跳,生活在水泽地带。

㉛风行水上涣:见《易·涣》:"象曰:'风行水上涣。'"孔颖达《周易正义》:"风行水上,激动波涛,散释之象,故曰'风行水上涣。'"

㉜至文:最好的文章。文,双关:风水的波纹;文章。

㉝"今夫"句:玉仅有内在的美,不能成文。温然,颜色柔和,具有内在美。

㉞"刻镂"句:雕刻刺绣的工艺品,失却了自然美,也不能成文。镂,雕刻。组绣,编织刺绣。组,编织。

㉟无营:无意于经营,自然天成。

㊱不得已而言出:不得已的情况下而发出言辞。

㊲口实:原指口中之物。引申为谈话资料。语出《易·颐》:"自求口实。"

名二子说

轮辐盖轸[①]，皆有职乎车[②]，而轼[③]独若无所为者。虽然[④]，去轼，则吾未见其为完车也。轼乎，吾惧汝之不外饰也[⑤]。

天下之车，莫不由辙[⑥]，而言车之功者，辙不与[⑦]焉。虽然，车仆马毙[⑧]，而患不及辙[⑨]，是辙者，善处乎祸福之间也。辙乎，吾知免[⑩]矣。

本文就给两个儿子命名的问题，诠释了"轼"、"辙"这两个名字深刻的比喻性含义，从而表达了对两个儿子的期望、勉励和告诫。

【注释】

①轮辐盖轸：辐，车轮中连接车毂和车辋的一条直棍儿。盖，车盖，车上的篷子。轸，车厢底部四面的横木。

②皆有职乎车：它们对于车来说，都各有各的用处。职，职责，这里是作用，用处。乎，于。

③轼：车前的横木，即伏手板。其形如半框，有三面。古人用手扶按板上，表示敬意。

④虽然：既然如此，那么。

⑤吾惧汝之不外饰也：我担心你不注意外表的修饰啊！惧，怕，这里是担心。汝，你。

⑥莫不由辙：没有不经由轨道的。由，经。辙，车轮碾过的痕迹。引申为轨道。

⑦与：通"预"，干预参预，在其中。

⑧车仆马毙：车子翻了，马死了。仆，向前跌倒，这里是指车子翻倒。

⑨患不及辙：祸患在于车子不到轨道上行驶。患，灾祸。及，至、到。

⑩免：勉励。

谱例序

古者，诸侯世国，卿大夫世家，死者有庙，生者有宗，以相次[①]也，是以百世而不相忘。此非独贤士大夫尊祖而贵宗，盖其昭穆[②]存乎其庙，迁毁之主存乎其太祖之室，其族人相与为服[③]，死丧嫁娶相告而不绝，则其势将自至于不忘也。自秦、汉以来，仕者不世，然其贤人君子犹能识其先人，或至百世而不绝，无庙无宗而祖宗不忘，宗族不散，其势宜忘而独存，则由有谱之力也。盖自唐衰，谱牒废绝，士大夫不讲，而世人不载。于是乎由贱而贵者，耻言其先，由贫而富者不录其祖，而谱遂大废。昔者，洵尝自先子[④]之言而咨考焉，由今而上得五世，由五世而上得一世，一世之上失其世次，而其本出于赵郡苏氏，以为《苏氏族谱》。他日欧阳公见而叹曰："吾尝为之矣。"出而观之，有异法焉。曰："是不可使独吾二人为之，将天下举不可无也。"洵于是又为《大宗谱法》，以尽谱之变，而并载欧阳氏之谱以为《谱例》，附以欧阳公《题刘氏碑后》之文，以告当世之君子，盖将有从焉者。

苏洵在四川老家时，曾作过《苏氏族谱》，到京后，给欧阳修看，得到了欧阳修的赏识。他又作了《大宗谱法》，与欧阳氏之谱一道，名为谱例，并作了这篇序文加以说明。

【注释】

①以相次：以定相互间的次序。

②昭穆：古代宗法制度，宗庙或墓地的辈次排列，以始祖居中。二世、四世、六世，位于始祖的左方，称"昭"；三世、五世、七世位于右方，称"穆"，用来分别宗族内部的长幼、亲疏和远近。

③服：原意指丧礼中所穿的丧服，后也表示宗族中亲戚关系的远近亲疏。

④先子：祖先，也指已死的祖父或父亲。

祭史彦辅文

呜呼彦辅，胡为而然，胡负于天？谁不寿考[①]，而于彦辅，独啬其年[②]？谁不富贵，使终贱寒？谁无子孙，诜诜戢戢，满眼蚳蝝[③]？于天何伤，独爱一孺，使殒其传[④]？幨幨其帷，其下惟谁，有童未冠。彦辅从子[⑤]，带绖而哭，稽颡来前。天高茫茫，恸哭不闻，谁知此冤？辍哭长思，念初结交，康定、宝元。子以气豪，纵横放肆，隼击鹏骞[⑥]。奇文怪论，卓若无敌，悚怛旁观。忆子大醉，中夜过我，狂歌叫欢。予不喜酒，正襟危坐，终夕无言。他人窃惊，宜若不合，胡为甚欢？嗟人何知，吾与彦辅，契心忘颜。飞腾云霄，无有远迩，我后子先。挤排涧谷，无有险易，我溺子援。破窗孤灯，冷灰冻席，与子无眠。旅游王城，饮食寤寐，相恃以安。庆历丁亥，诏策告罢，予将西辕[⑦]。慨然有怀，吾亲老矣，甘旨未完[⑧]。往从南公，奔走乞假，遂至于虔。子时亦来，止于临江，系马解鞍。爱弟子凝，仓卒就狱，举家惊喧。及秋八月，予将北归，亦既具船。有书晨至，开视惊叫，遂丁大艰[⑨]。故乡万里，泣血行役，敢其生还？中涂逢子，握手相慰，曰无自残。旅宿魂惊，中夜起行，长江大山 。前呼后应，告我无恐，相从入关。归来几何，子以病废，手足若挛。我嘉子心，壮若铁石，益固而坚。嗔目大呼，屋瓦为落，闻者竦肩。子凝之丧，大临呕血，伤心破肝。我游京师，强起来饯，相顾留连。我还自东，二子丧母，归怀辛酸。子病告革[⑩]，奔走往问，医云已难。问以后事，口不能语，悲来塞咽。遗文坠藁[⑪]，为子收拾，以葺以编。我如不朽，千载之后，子名长存。呜呼彦辅，天实丧之，予哭寝门。白发斑斑，疾病来加，卧不能奔。哭书此文，命轼往奠，以慰斯魂。尚飨！

史彦辅是苏洵的挚友，两人性格不同：苏洵内向沉静，史彦辅开朗豪放，但这并不妨碍二人心心相印。在这篇祭文中，苏洵回顾了他与史彦辅的友谊，记叙了史彦辅坦荡的人品，对他的去世，深表痛惜。

全文用语朴素，而情感真挚，颇具感染力。

【注释】

①寿考：长寿。

②独啬其年：单单对他的年岁这样吝啬？意谓他短命。

③诜诜戢戢，满眼蚳蝝：儿孙众多，满眼皆是。诜诜戢戢，众多的样子。蚳，蚁卵。蝝，未生翅的蝗子。蚳蝝，这里代指幼儿。

④独爱一孺，使殒其传：单单吝啬一个孩子，使他没有后人。

⑤从子：侄子。

⑥骞：飞。

⑦西辕：西行。辕，车辕。西辕，车辕朝西，意谓西行。

⑧甘旨未完：美味还没有吃全。多用作奉养父母之词。

⑨遂丁大艰：于是遇到父亲去世的大丧。

⑩革：病重。

⑪藁：同“稿”。

祭亡妻文

呜呼！与子相好，相期百年。不知中道，弃我而先①。我徂②京师，不远当还。嗟子之去，曾不须臾。子去不返，我怀永哀。反复求思，意子复回。人亦有言，死生短长，苟皆不欲，尔避谁当？我独悲子，生逢百殃。有子六人，今谁在堂？唯轼与辙，仅存不亡。咻呴③抚摩，既冠既昏④。教以学问，畏其无闻。昼夜孜孜，孰知子勤？提携东去，出门迟迟。今往不捷⑤，后何以归？二子告我：母氏劳苦。今不汲汲⑥，奈后将悔。大寒酷热，崎岖在外。亦既荐名，试于南宫⑦。文字炜炜，叹惊群公。二子喜跃，我知母心。非官实好，要以文称。我今西归，有以借口。故乡千里，期母寿考。归来空堂，哭不见人。伤心故物，感涕殷勤。嗟予老矣，四海一身。自子之逝，内失良朋。孤居终日，有过谁箴⑧？昔予少年，游荡不学。子虽不言，耿耿不乐。我知子心，忧我泯没。感叹折节⑨，以至今日。呜呼死矣，不可再得！安镇之乡，里名可龙。隶武阳县，在州北东。有蟠⑩其丘，惟子之坟。凿为二室，期与子同。骨肉归土，魂无不之。我归旧庐，无不改移。魂兮未泯⑪，不日来归。

在这篇祭文中，苏洵回顾了亡妻教育两个儿子，并希望自己向学的感人行为，对亡妻寄予了深切的思念。

语言浅易而情感真挚深厚。

【注释】

①先：先去世。

②徂：往。

③咻呴：抚慰的声音。

④昏：通“婚”，成婚。

⑤捷：获胜，指科考中第。

⑥汲汲：心情急切的样子。

⑦南宫：尚书省的代称。唐尚书省在大明宫以南，因称南宫，南省。后来又称礼部为南宫。这里的南宫应指礼部。

⑧箴：规劝。

⑨折节：克制自己，改变过去所为所尚。

⑩蟠：弯曲。

⑪未泯：没有泯灭。

送石昌言使北引

昌言[1]举进士时，吾始数岁，未学也。忆与群儿戏先府君[2]侧，昌言从旁取枣栗啖我[3]；家居相近，又以亲戚故[4]，甚狎[5]。昌言举进士，日有名。吾后渐长，亦稍知读书，学句读、属对、声律，未成而废[6]。昌言闻吾废学，虽不言，察其意，甚恨。后十余年，昌言及第第四人[7]，守官四方[8]，不相闻[9]。吾日益壮大[10]，乃能感悔[11]，摧折复学[12]。又数年，游京师[13]，见昌言长安，相与劳苦[14]如平生欢。出文十数首，昌言甚喜称善。吾晚学无师，虽日为文，中[15]甚自惭；及闻昌言说，乃颇自喜。今十余年，又来京师[16]，而昌言官两制[17]，乃为天子出使万里外强悍不屈之虏[18]，建大旆[19]，从骑[20]数百，送车千乘，出都门，意气慨然[21]。自思为儿时，见昌言先府君旁，安知其至此？富贵不足怪，吾于昌言独有感也！丈夫生不为将，得为使，折冲[22]口舌之间足矣。往年彭任从富公使还[23]，为我言曰："既出境，宿驿亭。闻介马[24]数万骑驰过，剑槊相摩[25]，终夜有声，从者怛然[26]失色。及时，视道上马迹，尚心掉不自禁[27]。"凡虏所以夸耀中国[28]者，多此类。中国之人不恻[29]也，故或至于震惧而失辞[30]。以为夷狄笑[31]。呜呼！何其不思之甚也！昔者奉春君使冒顿，壮士大马皆匿不见，是以有平城之役[32]。今之匈奴[33]，吾知其无能为也。孟子曰："说大人，则藐之[34]。"况于夷狄[35]！请以为赠。

这是一篇送别的赠序。石昌言，即石扬休，时任刑部员外郎知制诰，当时即将为契丹国母生辰出使契丹。契丹是北宋王朝北方的敌国，屡次侵犯北宋，北宋朝廷屈辱求和，割地赔款。在这种形势下，作为外交使节，任务是很艰巨的。在这篇赠序里，苏洵鼓励石昌言不要被强敌吓倒，不要有辱使命，表现了他强烈的爱国精神。

【注释】

①昌言：指石昌言，四川眉州人，是苏洵的老乡和朋友。

②府君：原指太守，后来用于子孙对其父祖的尊称。这里指苏洵的父亲苏序。

③啖我：给我吃。

④亲戚：苏、石两家是亲戚。苏序的幼女嫁给石扬言为妻。扬言、扬休是兄弟俩。

⑤狎：亲近。

⑥吾后句：句读，断句。句，句子。读，不成文句而须停顿处为“读”。书面上在行间用圈（句号）和点（读号）来标记。属对，在诗文中撰成对偶句。属，撰写。声律，诗词中声韵，平仄等格律。未成而废，即“半途而废”。废，荒废、停止。

⑦及第第四人：考中进士第四名。

⑧守官四方：据《宋史·石扬休传》：“为同州观察推官，迁著作郎，知中牟县，改秘书丞，为秘阁校理，开封府推官，累迁尚书祠部员外郎，历三司度支盐铁判官，出知宿州。”守官，做官。

⑨不相闻：互不通音讯。

⑩日：一天天。

⑪感悔：感慨悔恨。

⑫摧折复学：意思是改变以前废学的行为，又重新致力于学。摧折，即“折节”，改变平时的志向和行为。

⑬游京师：宋仁宗庆历五六年（1046、1047），苏洵第一次游京师。

⑭劳苦：慰劳。

⑮中：心中。

⑯又来京师：指宋仁宗嘉祐元年（1056），苏洵第二次游京师。距上次游京师已十多年了。

⑰两制：官名。《容斋三笔》：“国初谓翰林学士中书舍人为‘两制’，言其掌行内外制也，舍人官未至者，则云‘知制诰’”。当时石昌言“以刑部员外郎知制诰”，所以称“两制”。

⑱虏：敌虏，对敌方的蔑称。另本“虏”后有“庭”字。

⑲旆：旗。《左传·僖公二十八年》：“狐毛设二旆而退之。”杜预注：“旆，大旗也。”

⑳从骑：随从的马队。

㉑慨然：慷慨愤激的样子。

㉒折冲：折退敌方的战车，意思是抵御敌人。引申为外交谈判，指言辞上的斗争。

㉓彭任从富公使：富公，富弼，字彦国。据《宋史·仁宗纪》：庆历二年（1042）夏四月庚

辰,“知制诰富弼报使契丹。”彭任,字有道,曾跟从富弼出使契丹。

㉔介马:带甲的马。

㉕剑槊相摩:剑和长矛两种武器相撞击。槊,古代兵器,长矛。

㉖怛然:惊恐的样子。

㉗尚心掉不自禁:还不能控制惊恐的心情。心掉,心里震惊骇怕。不自禁,自己不能控制自己。

㉘中国:中原地区。

㉙恻:凄怆、伤痛。

㉚失辞:失言。

㉛为夷狄笑:被契丹所耻笑。夷狄,这里指契丹。夷,我国古代对东方各族的泛称。狄,我国古代对北方各族的泛称。笑,耻笑。

㉜“昔者”句:奉春君,汉朝人刘敬,号奉春君,原姓娄,刘邦赐姓刘。冒顿,汉时匈奴君主之名。大马,一本作“健马”。匿,隐藏。见,同“现”。

㉝今之匈奴:指契丹。《旧五代史·外国传》:“契丹者,匈奴之种也。”

㉞“孟子”句:引文见《孟子·尽心》:“说大人,则藐之,勿视其巍巍然。”说,游说,劝说。大人,大人物,诸侯王公等。这里借指契丹统治者。藐,小。这里是藐视,小看的意思。

㉟况于夷狄:何况对于夷狄呢!况,何况。

附：

《宋史·苏洵传》

苏洵，字明允，眉州眉山人。到二十七始发愤为学，岁余举进士，又举茂才异等，皆不中，悉焚常所为文，闭户益读书，遂通《六经》、百家之说，下笔顷刻数千言。至和、嘉祐间，与其二子轼、辙皆至京师，翰林学士欧阳修上其所著书二十二篇，既出，士大夫争传之，一时学者竞效苏氏为文章。所著《权书》、《衡论》、《几策》文多不可悉录，录其《心术》、《远虑》二篇。

《心术》曰：为将之道，当先治心。泰山崩于前而色不变，麋鹿兴于左而目不瞬，然后可以制利害，可以待敌。

凡兵上义；不义，虽利勿动。非一动之为害，而他日将有所不可措手足也。夫惟义可以怒士，士以义怒，可兴百战。

凡战之道，未战养其财，将战养其力，既战养其气，既胜养其心。谨烽燧，严斥堠，使耕者无所顾忌，所以养其财；丰犒而优游之，所以养其力；小胜益急，小挫益厉，所以养其气；用人不尽其所欲为，所以养其心。故士常蓄其怒，怀其欲而不尽。怒不尽则有余勇，欲不尽则有余贪。故虽并天下，而士不厌兵，此黄帝之所以七十战而兵不殆也。不养其心，一战而胜，不可用矣。

凡将欲智而严，凡士欲愚。智则不可测，严则不可犯，故士皆委己而听命，夫安得不愚？夫惟士愚，而后可与之皆死。

凡兵之动，知敌之主，知敌之将，而后可以动于险。邓艾缒兵于蜀中，非刘禅之庸，则百万之师可以坐缚，彼固有所侮而动也。故古之贤将，能以兵尝敌，而又以敌自尝，故去就可以决。

凡主将之道，知理而后可以举兵，知势而后可以加兵，知节而后可以用兵。知理则不屈，知势则不沮，知节则不穷。见小利不动，见小患不避，小利小患，不足以辱吾技也，夫然后可以支大利大患。夫惟养技而自爱者，无敌于天下。故一忍可以支百勇，一静可以制百动。

兵有长短，敌我一也。敢问："吾之所长，吾出而用之，彼将不与吾校；吾之所短，吾蔽而置之，彼将强与吾角，奈何？"曰："吾之所短，吾抗而暴之，使之疑而却；吾之所长，吾阴而养之，使之狎而堕其中，此用长短之术也。"

善用兵者，使之无所顾，有所恃。无所顾，则知死之不足惜；有所恃，则知不至于必败。尺棰当猛虎，奋呼而操击；徒手遇蜥蜴，变色而却步，人之情也。知此者，可以将矣。袒裼而按剑，则乌获不敢逼；冠胄衣甲，据兵而寝，则童子弯弓杀之矣。故善用兵者以形固。夫能以形固，则力有余矣。

《远虑》曰：圣人之道，有经，有权，有机；是以有民，有群臣，而又有腹心之臣。曰经者，天下之民举知之可也；曰权者，民不得而知矣，群臣知之可也；曰机者，虽群臣亦不得而知矣，腹心之臣知之可也。夫使圣人而无权，则无以成天下之务；无机，则无以济万世之功。然皆非天下之民所宜知。而机者，又群臣所不得闻。群臣不得闻，谁与议？不议不济。然则所谓腹心之臣者，不可一日无也。后世见三代取天下以仁义，而守之以礼乐也，则曰圣人无机。夫取天 下与守天下，无机不能。顾三代圣人之机，不若后世之诈，故后世不得见耳。有机也，是以有腹心之臣。禹有益，汤有伊尹，武王有太公望。是三臣者，闻天下之所不闻，知群臣之所不知。禹与汤、武倡其机于上，而三臣共和之于下，以成万世之功。下而至于桓、文，有管仲、狐偃为之谋主；阖庐有伍员，勾践有范蠡、大夫种。高祖之起也，大将任韩信、黥布、彭越，裨将任曹参、樊哙、滕公、灌婴，游说诸侯任郦生、陆贾、枞公，至于奇机密谋，群臣所不与者，惟留侯、酂侯二人。唐太宗之臣多奇才，而委之深、任之密者，亦不过曰房、杜。夫君子为善之心与小人为恶之心，一也。君子有机以成其善，小人有机以成其恶。有机也，虽恶亦或济；无机也，虽善亦不克。是故腹心之臣，不可以一日无也。司马氏，魏之贼也，有贾充之徒为之腹心之臣以济。陈胜、吴广，秦民之汤、武也，无腹心之臣以不克。何则？无腹心之臣者，无机也，有机而泄也。夫无机与有机而泄者，譬如虎豹食人而不知设陷阱，设陷阱而不知以物覆其上者也。或曰：机者创业之君所假以济耳；守成之世，其奚事机而安用夫腹心之臣？呜呼，守成之世，能遂熙然如太古之世矣乎？未也，吾未见机之可去也。且夫天下之变，常伏于燕安，田文所谓“主少国危，大臣未附”，如此等事，何世无之？当是之时，而无腹心之臣，可为寒心哉！昔者高祖之末，天下既定矣，而又以周勃遗孝惠、孝文。武帝之末，天下既治矣，而又以霍光遗孝昭、孝宣。盖天下虽有泰山之势，而圣人常以累卵为心。故虽守成之世，而腹心之臣不可去也。《传》曰“百官总己以听于冢宰”。彼冢宰者，非腹心之臣，天子安能举天下之事委之三年，而不置疑于其间邪？又曰“五载一巡狩”，彼无腹心之臣，五载一出，捐千里之畿，而谁与守邪？今夫一家之中，必有宗老，一介之士，必有密友，以开胸心，以济缓急。奈何天子而无腹心之臣乎？近世之君抗然于上，而使宰相眇然于下，上下不接，而其志不通矣。臣视君如天之辽然而不可亲，而君亦如天之视人，泊然无爱之之心也。是以社稷之忧，彼不以为忧；社稷之喜，彼不以为喜。君忧不辱，君辱不死。一人誉之则用之，一人毁之则舍之。宰相避嫌畏讥且不暇，何暇尽心以忧社稷？数迁数易，视相府如传舍。百官泛泛于下，而天子茕茕于上。一旦有卒然之忧，吾未见其不颠沛而殒越也。圣人之任腹心之臣也，尊之如父师，爱之如兄弟，握手入卧内，同起居寝食，知无不言，言无不尽，百人誉之不加密，百人毁之不加疏，尊其爵，厚其禄，重其权，而后可以议天下之机，虑天下之变。太祖之用赵中令也，得其道矣。近者寇莱公亦诚其人，然与之权轻，故终以见逐，而天下几有不测之变。然则其必使之可以生人杀人而后可也。

宰相韩琦见其书，善之，奏于朝，召试舍人院，辞疾不至，遂除秘书省校书郎。会太常修纂建隆以来礼书，乃以为霸州文安县主簿，与陈州项城令姚辟同修礼书，为《太常因革礼》一百卷。书成，方奏未报，卒。赐其家缣银二百，子轼辞所赐，求赠官，特赠光禄寺丞，敕有司具舟载其丧归蜀。有文集二十卷，《谥法》三卷。